Bianka Minte-König

Liebesquiz & Pferdekuss

Thienemann

Kapitel 1
Mila knallt durch

Die Party war auf ihrem Höhepunkt.

Ein großer Blonder von der Gerhardt-Hauptmann-Schule hatte mich auf die Tanzfläche geschleppt.

»Du bist mit Abstand die beste Braut hier!« Der wollte mir wohl Süßholz ins Ohr raspeln. »Sind deine Eltern vielleicht Diebe?«

Wie bitte? Diebe? Meine Eltern? »Wieso?«, fragte ich verblüfft.

»Für deine Augen müssen sie die Sterne vom Himmel geklaut haben.«

Hahaha. Da lachte ich aber. Eine noch dümmlichere Anmache hatte er wohl nicht auf Lager. Schade, dabei hatte der Typ auf den ersten Blick ganz nett gewirkt. Aber so waren sie alle! Auf den ersten Blick nett, auf den zweiten zum Speien! Ich wusste schon, warum ich zweimal hinsah. Da zeigte sich sehr schnell, was sie für eine Masche draufhatten, um Mädchen anzubaggern. Konnten sie damit bei einer nicht landen, zogen sie halt zur nächsten weiter. Die Mädchen wechselten, aber die Masche blieb immer dieselbe. Total unkreativ! Wer weiß, wie oft der große Blonde den Spruch vom Sternenklau schon gerissen hatte? Da machte ich mir gar nichts vor, exklusiv für mich hatte er den bestimmt nicht erfunden. Wenn er ihn mal überhaupt selbst erfunden hatte und nicht nur den Anbaggerungsberater einer Popzeitschrift nachbetete. Na, war auch egal. Schließlich war ich zu dieser Party gegangen, um mal ein bisschen zu flirten. Dass ich hier den ultimativen Lover finden würde, damit hatte ich ohnehin nicht gerechnet. Vielleicht war der Blonde ja doch ganz witzig. Ich beschloss ihm gleich mal auf den Zahn zu fühlen. Warf meine schwarze Lockenmähne in den Nacken, ließ ein neckisches Lachen über meine Zähne perlen und flirtete: »Hast du noch mehr so coole Sprüche auf Lager?« Gott, jetzt musste er sich aber gebauchpinselt fühlen! »Lass mal hören.«

Meine Aufforderung fiel auf fruchtbaren Boden und bald klangen mir die Ohren.

»Halt, halt!«, wehrte ich schließlich weitere Ergüsse ab. »Ich glaube dir ja, dass du der Baggerking bist!«

Auch das ging ihm offenbar wie Honig runter, denn er strahlte mich, aufgeplustert vor lauter Selbstgefälligkeit, an. »Und du bist die Flirtkönigin!«, sagte er in gönnerhafter Begeisterung und im Gefühl, bei mir einen Volltreffer gelandet zu haben.

Na, da wollen wir ihn mal wieder auf den Boden von Mutter Erde zurückholen, dachte ich. Ist ja nicht zu verantworten, wenn er wirklich abhebt und womöglich im Weltall mit einer ausgebrannten Raketenstufe zusammenstößt.

Aber gut, erst mal zum Schein auf ihn eingehen. Ich kicherte neckisch. Flirtkönigin hörte sich ja nicht schlecht an. Und ein bisschen traf es auch die Sachlage am heutigen Abend. Wie ein Schmetterling, der nippend von Blüte zu Blüte schmettert, war ich bisher flirtend von Typ zu Typ gehüpft, einer süßer als der andere – aber, wie gesagt, immer nur auf den ersten Blick.

Okay. Auch der große Blonde war ein Missgriff. Schluss jetzt! Sonst glaubt er noch, dass ich ernsthaft was von ihm will. Das haben sowieso alle Jungen drauf. Du lächelst sie unverbindlich an und die betrachten es gleich als Lizenz zum Baggern! Meine Güte, wie der jetzt schon klammerte beim Tanzen. Höchste Eisenbahn, dass der abdampfte. Ich fühlte mich zunehmend unwohl in seinem Schmusegriff und konnte nicht verhindern, dass meine Bewegungen um einiges steifer wurden, weil sich etwas in mir gegen die Zudringlichkeit des Typs sperrte. Wie wurde ich ihn nur schnell wieder los?

Ich war nicht der Typ, der lange um den Brei rumschlich – essen oder stehen lassen, war meine Devise. In diesem Falle also stehen lassen. Aber natürlich nicht mitten auf der Tanzfläche. Das ging schließlich nicht. Machte einfach keinen guten Eindruck. Frau hat ja immerhin Stil. Ich sah mich nach meinen Freundinnen um. Hanna hing bei unserem Gastgeber Branko im Arm und von Kati war keine Spur zu sehen. Sie war irgendwo beim kalten Buffet abgetaucht. Hoffentlich mit dem von ihr so heiß erwarteten Romeo. Ihr ganzer Heckmeck mit Liebeszauber und Hexentricks war allmählich reichlich nervend. Vor allem, weil bisher ihr Traumprinz immer noch nicht herbeigehext war und ich als treue Freundin natürlich erst meine Mitwirkung in ihrem Hexenclub aufkündigen konnte, wenn unsere magischen Bemühungen Erfolg gehabt hatten. Beim Belzebub!

»Wollen wir morgen zusammen ins Kino gehen?«, nuschelte der große Blonde in meine Ohrmuschel. Nee, bewahre! Bloß nicht Kino. Konnte mir vorstellen, wie das laufen würde. Beim Vorfilm würde sein Arm auf meiner Lehne liegen, beim

Hauptfilm auf meinem Arm, seine feuchtkalte Hand würde nach meinen ebenfalls feuchtkalten Fingern grabschen, oder vielleicht auch nach meinem Knie oder Oberschenkel. Wenn er ganz mutig war, würde er versuchen, den Arm um meine Schulter zu legen, seinen Kopf auf mein Schlüsselbein oder doch zumindest in meine lockige Haarpracht pressen und beim Happy End seinen heißen Atem in mein Gesicht blasen. Ich würde wissen, ob er Gyros oder Burger zum Abendessen gehabt hatte und total abgetörnt sein. Wenn ich ins Kino ging, wollte ich den Film sehen und nicht betatscht werden. Basta. Daran änderten auch große Blonde mit Klammergriff nichts.

Angesichts dieser Erkenntnis sagte ich in lahmer Abwehr: »Morgen habe ich keine Zeit.«

»Na, dann übermorgen.«

»Geht auch nicht.«

»Dann überübermorgen?«

»Ich geh nicht mit fremden Jungen ins Kino. Das ist ein Prinzip von mir.«

»Ach!« Da blieb ihm doch die Spucke weg. »Mit mir auch nicht?«

»Natürlich nicht. Oder kenne ich dich vielleicht? Eventuell aus einem früheren Leben? In diesem hatte ich jedenfalls bis heute noch nicht das Vergnügen.«

Er hörte auf zu tanzen, löste seinen Klammergriff und sah mich einigermaßen verwirrt an. »Sag mal, willst du mich verarschen?«

»Bewahre! Wie kommst du denn da drauf?«

»Na ja, das war doch eben voll uncool«, äußerte er höchst uninspiriert seine Verblüffung.

»Aber du bist cool. Oder wie?«, blaffte ich zurück.

»Nicht?«, fragte er völlig verunsichert, weil ihn wohl noch nie ein Mädchen so direkt angemacht hatte.

»Nee!«, sagte ich unmissverständlich. »Das war alles andere als cool. Mit solchen auswendig gelernten billigen Baggersprüchen kannst du bei mir nicht landen. Da musste schon ein bisschen kreativer werden.«

Nun hatte ich ihn aber in seiner Eitelkeit gekränkt. Mann bleibt Mann, entsetzlich verletzlich! Gleich kriegte ich die Retourkutsche.

»Na, so schön bist du nun auch wieder nicht, dass man sich für dich gleich in geistige Unkosten stürzt! Ich steh sowieso mehr auf scharfe Blonde. Ciao!«

Weg war er. Heavens! Da hatte er ja voll den Macho raushängen lassen. Wie gut, dass ich mich mit dem nicht fürs Kino verabredet hatte. Klare Prinzipien sind doch manchmal ganz nützlich.

Ich ging zum Getränkestand und holte mir eine Coke. Eine wirklich schöne Gartenparty, die Branko da organisiert hatte. Musste ich ja zugeben, auch wenn es mir äußerst missfiel, dass er meine Freundin Hanna so mit Beschlag belegte. Seit der Skifreizeit war sie mit ihm zusammen und hatte immer weniger Zeit für Kati und mich. Das bestätigte voll meine Meinung, dass Jungs einer echten Frauenfreundschaft eher abträglich sind.

Andrerseits musste ich ja zugeben, dass Branko sich wirklich um sie bemüht hatte. Diese ganzen anonymen Liebesschwüre übers Handy und die ausgefallenen SMS-Botschaften … der Junge war wirklich kreativ! Wer weiß, ob bei dem nicht auch mein Herz dahingeschmolzen wäre!

Mila!, rief ich mich zur Ordnung. Der Typ gehört deiner Freundin! Der hat in deinen Gedanken überhaupt nichts verloren und in solch begehrlichen schon gar nicht! Ich seufzte, stürzte schuldbewusst die braune Brause runter und knallte das Glas frustriert auf den Tresen. Kerle waren einfach unnötiger Ballast – Weg damit, fort aus meinem Kopf!

Ich schlenderte zum Buffet rüber, in der Hoffnung, Kati dort irgendwo zu entdecken, was natürlich auch eine Schnapsidee war, weil sie sich eine Liebesdiät verordnet hatte und bestimmt einen großen Bogen um all die verführerischen Leckereien machte. Na gut, ich machte ja keine Diät, da konnte ich mir also getrost den Teller ordentlich voll packen. Sah ja auch alles sehr appetitlich aus. Ich setzte mich alleine an einen Tisch und begann genüsslich die Köstlichkeiten zu verspeisen.

Knackigen Eisbergsalat mit American Dressing, würzige Pizza-Häppchen, Jumbo-Oliven und Peperoni. Ha, das brannte heiß in Hals und Rachen! Gleich spuck ich Feuer, dachte ich grinsend. Schade, dass mir niemand dabei zusehen will.

Ich schaute mich noch einmal suchend nach meinen Freundinnen um.

Was war denn das? Ich glaubte meinen Augen nicht trauen zu können. Knutschte da nicht Tobi mit einer kleinen Brünetten herum? Und nicht mal rote Ohren hatte er dabei! Da hörte sich doch alles auf! Das Mädchen war höchstens in der siebten Klasse! Hätte wirklich nicht gedacht, dass der auf kleine Mädchen steht. Allerdings, bei seiner notorischen Schüchternheit war das vielleicht sogar das Beste für ihn. Da fühlte er sich bestimmt megaüberlegen. Vor uns hatte er ja immer Reißaus genommen. Ach, sind doch wirklich alle gleich, die Typen. Ob Kati ihn auch gesehen hatte? Eigentlich hatte doch sie ihn heute erobern wollen. Hatte sie ihn kampflos einer Siebtklässlerin überlassen? Wollte sie nicht irgendwelche Liebestropfen an ihm ausprobieren? So, wie es aussah, war da wohl wieder mal ein Hexentrick schief gelaufen. Ich musste sie finden, ehe sie in ihrem Frust irgendeine Dummheit anstellte. Sie war immer so impulsiv, so bauchgesteuert und gefühlsduselig. Das ging ihr bestimmt nah, Tobi mit einer anderen zu sehen. Wo sie nur steckte? Ich wühlte mich durch das bunte Partygewimmel.

Und dann sah ich sie.

Ach du Schreck! Zweimal hinsehen machte es auch nicht besser. Kati stand halb verdeckt durch eine Hecke in ziemlich eindeutiger Haltung. Mit wem, zum Kuckuck, knutschte sie denn da, wenn Tobi doch eine andere hatte? Ich schlich langsam näher. Ach, nee! Florian! Ihr fetter Vetter, von dem sie sich nicht mal das Leben hatte retten lassen wollen … und nun das!

Na, das musste ich gleich Hanna erzählen.

Aber die tat gerade mit Branko genau das Gleiche! Verdammt noch mal, musste denn hier jeder jeden küssen?

Auch wenn ich eigentlich gar keinen Typ wollte, kam ich mir doch plötzlich wie ein Mauerblümchen vor, und ohne, dass ich es eigentlich wollte, stieß ich zornig hervor: »Und wer küsst mich?«

»Wie wäre es mit mir?«, sagte eine Stimme hinter mir, die mir irgendwie bekannt vorkam. Gleichzeitig schlang sich von hinten ein Arm um mich. Ich drehte mich abrupt herum.

»Markus!«

Ausgerechnet der Junge, den ich von allen meinen Klassenkameraden am meisten verabscheute, musste mich in dieser Situation belauschen. Peinlicher ging's ja wohl nicht!

»Lass mich sofort los!«, giftete ich ihn an.

»Ich denke, du willst geküsst werden?«

»Aber bestimmt nicht von dir!«

»Und warum nicht?« Er klang ein bisschen wie der große, böse Wolf, der Kreide gefressen hatte. »Du weißt doch, dass ich einer deiner heimlichen Bewunderer bin.«

»Bist du das?« Das erstaunte mich nun aber. »Seit wann denn das? Ich dachte, du stehst auf kurze Rothaarige.«

Er grinste frech und seine dunkelbraunen Augen begannen irgendwie seltsam zu funkeln. »Da haste dich geirrt. Ich such mir doch ein Mädchen nicht nach seiner Haarfarbe aus.«

»Nicht?«

Die Verblüffung war voll auf meiner Seite. Unser Klassenmacho war schließlich dafür bekannt, dass ihm äußere Schönheitsattribute bei Mädchen deutlich über deren inneren Wert gingen.

»Wonach denn dann?«

Jetzt sag bloß nicht, nach ihrem Charakter, dachte ich, das nehme ich dir selbst in meinem momentanen Zustand nicht ab.

»Na, nach ihrem Charakter halt«, sagte er ohne Rücksicht auf meinen inneren Monolog. »Ob sie Herz und was im Hirn haben.«

»… Hirn haben … aha …«, stammelte ich und versuchte durch Kopfschütteln das Ganze als Sinnestäuschung zu entlarven.

Das konnte er doch nicht allen Ernstes gesagt und auf keinen Fall gemeint haben. Markus beurteilte Mädchen nach ihrem Herzen und ihrem Verstand!!? Mich schüttelte es. War die Inflation der

Begriffe wirklich schon so weit, dass einer wie er damit herumjonglieren durfte wie ein Zirkusartist mit Varieteekeulen? Da hatte es nun aber selbst mich beinahe umgehauen.

Wenigstens hatte ich mich während dieses Wortwechsels aus seinem Arm wickeln können. Ich starrte ihn erschüttert an. Der nimmt mich doch hoch, dachte ich, der macht sich einen Joke mit mir. Sei auf der Hut, Mila!

Ich begann mich wieder zu fangen.

»Und diese Qualitäten, hast du nun bei mir gefunden?«, schnaubte ich. »Und darum willst du mich küssen?«

Das Grinsen in seinem hübschen, aber leicht arroganten Gesicht wurde noch breiter. »Nee, das hat damit nichts zu tun. Ich hätte halt mal eine Ausnahme gemacht. Reines Mitleid. Du klangst so, als wenn du kurz vorm Ertrinken wärst, und ich bin halt bei den Rettungsschwimmern mit der Lizenz zum Küssen!«

Und ehe ich ihn noch abwehren konnte, hatte er sich vorgebeugt und mir einen fetten Schmatzer auf den Mund gedrückt!

»Das war Stufe 1: einfache Wiederbelebung! Wenn weiterer Bedarf besteht, wende dich vertrauensvoll an mich.«

Und weg war er. Ich aber stand total bedröppelt da. So, als hätte man mich wirklich aus dem Wasser gezogen … und sein Kuss brannte auf meinen Lippen.

»Eine Megaparty!«, schwärmte Kati am nächsten Morgen, als wir uns vorm Unterricht auf dem Schulhof trafen.

»Scheinst ja auch voll auf deine Kosten gekommen zu sein«, sagte ich mit anzüglichem Grinsen. »Wenngleich ...« Ich zögerte bedeutungsvoll. »... das Objekt deiner Begierde mich allerdings doch in Verwunderung versetzt. Hab ich dich tatsächlich mit Florian knutschen sehen?«

Kati wurde ein bisschen rot und ein kleines schuldbewusstes Lächeln verriet mal wieder komplett ihren Seelenzustand. Meine Freundin trug in Gefühlsdingen immer noch stets ihr Inneres auf der Hautoberfläche.

»Nee, ja ... doch ... es stimmt ... ich bin jetzt mit ihm zusammen.«

»Oh, ihr habt nicht nur geknutscht!«, tat ich erstaunt. »Ihr seid sogar zusammen! Hört, hört! Der fette Vetter entpuppt sich doch noch als der lang erwartete Romeo!«

Das war jetzt gemein. Jedenfalls war Kati nicht tough genug für meine Lästerei, die ja gar nicht mal wirklich böse gemeint war.

Sie lief noch röter an und sagte beschämt: »Er ist gar nicht wirklich fett, er hat nur einen kräftigen Körperbau, und das wächst sich alles noch aus ...«

Ach, herrje! Kräftiger Körperbau! Nicht fett! Schön, dass ihr die Erkenntnis langsam auch kam. Ich erinnerte mich, dass Hanna und ich ihr seit Wochen genau das gesagt hatten, denn Florian war echt ein Netter. Mir brauchte sie das also nicht zu erklären. Sie war es doch, die ihn zum Abtörnen gefunden hatte. Und nun diese Wandlung! Tja, mit den Augen der Liebe gesehen, wurde aus jedem hässlichen Entchen ein Schwan und aus einem etwas beleibten Vetter offenbar ein Traumprinz.

Bei Markus allerdings hilft auch ein liebender Blick nichts, dachte ich, als er am Schultor unseren

Weg kreuzte und mir eine eindeutige Kusshand zuwarf. Macho bleibt Macho!

Als wir die Klasse betraten, kam Hanna uns aufgeregt entgegen. Sie war Klassensprecherin und darum oft über schulische Dinge etwas eher informiert als wir.

»Wir kriegen eine Referendarin! Deutsch und Bio. Weil Frau Kempinski-nicht-von-der-Hotel-Dynastie in den Mutterschutz geht!« Die Nachricht platzte förmlich aus ihr heraus.

»In den Mutterschutz?«

»Heißt das, sie ist schwanger?«

»Wird es wohl!«, mischte sich Vanessa in unsere erstaunten Ausrufe ein.

Dass diese dusselige Kuh sich aber auch immer in alles reinhängen musste! Wer hatte denn sie gefragt?!

Ich ignorierte sie und begann Hanna weiter auszuquetschen. »Du meinst, sie erwartet ein Baby? Und schon so bald? Wieso haben wir davon gar nichts mitgekriegt?«

Ich überlegte fieberhaft. Klar, jetzt wo ich es wusste, fiel mir natürlich die eine oder andere Veränderung an unserer Klassenlehrerin auf. Ein bisschen fülliger hatte sie in letzter Zeit schon gewirkt und über ihre weiten Kleider hatten wir gelegentlich schon mal eine lästernde Bemerkung gemacht. Ja, sogar mal gesagt, dass sie herumlief wie hochschwanger! Aber wer hätte denn gedacht, dass sie es wirklich war!

»Hat sie denn geheiratet?«, wollte Kati wissen.

»Nee, nicht, dass ich wüsste.«

»Aber wieso ist sie dann schwanger?«

Heilige Unschuld!

»Um schwanger zu werden, braucht man ja wohl

nicht gleich zu heiraten!«, musste nun auch Markus seinen Senf dazugeben.

»Aber wer ist der Vater?«

»Na, überleg doch mal, der Flirtshop ...«, half Hanna mir auf die Sprünge. »Kati hat ihnen die Karten gelegt und ich habe ihnen ein Partnerschaftshoroskop erstellt.«

»Du meinst ... Frau Kempinski und Old MacDonald?« Ich raffte es nicht.

»Klar!«, sagte Hanna triumphierend. »Und wir haben sie verkuppelt!«

»Wer hat hier wen verkuppelt?«, fragte eine dunkle, aber nicht unfreundliche Stimme hinter uns.

Wir drehten uns abrupt herum. In der Tür stand ein unbekannter, ziemlich gut aussehender Typ und schaute uns interessiert an. Zwölfte oder dreizehnte Klasse, schätzte ich mal.

»Wir haben auf der letzten Schulfete unsere Deutschlehrerin mit unserem Musiklehrer verkuppelt!«, protzte ich mit dem Erfolg unseres Flirtshops. »Und nun ist sie schwanger!«

»Oh«, sagte er und wurde ein bisschen rot. »Dann ist das ja hier ein gefährliches Pflaster.«

Süß, dachte ich und beschloss ihn noch ein bisschen zu necken.

»Und alles ohne Trauschein! Nur hereinspaziert!«, lockte ich.

Der Typ lachte, aber es klang ein kleines bisschen verlegen. »Aber sie heiraten doch bestimmt noch.«

»Warum?«, sagte ich keck. »Nur weil frau ein Baby erwartet, muss sie doch nicht heiraten! Meine Mutter ist auch allein erziehend, und das, wie man an mir sieht, äußerst erfolgreich!«

Alle wieherten los. Der Typ lachte mit und wirkte diesmal ganz entspannt. Er war auch nicht mehr rot, sondern eher ein bisschen blass. Aber er sah wirklich nicht schlecht aus. Den musste ich mir mal merken.

Er kam nun ganz in die Klasse, durchquerte sie zielstrebig bis zum Lehrertisch und legte dort seinen Rucksack ab.

Ob das der neue Schulsprecher war? Bestimmt wollte er uns irgendwas zur nächsten Schülerratssitzung sagen.

Er öffnete den Rucksack und grub darin herum.

Dann zog er ein Notizbuch heraus und setzte sich vor uns auf den Lehrertisch. »Tja, also, um es kurz zu machen: Ich bin der neue Referendar. Ich werde Frau Kempinski vertreten. Sie wollte mich eigentlich selbst vorstellen, aber es geht ihr heute nicht so gut. Die Ursache ist ja hier bekannt und hat, wenn ich es recht verstanden habe, in dieser Klasse ihre Wurzeln.«

Ach du gelocktes Meerschwein! Da hatte ich mir ja mal wieder mit meiner frechen Klappe echt was geleistet. Voll der pralle Einstieg bei einem neuen Lehrer! Fang mich jemand auf, ich glaube, ich muss in Ohnmacht fallen!!!

Das war nicht fair! Wie konnte das Schicksal so hinterlistig sein! So ein süßer Typ konnte doch kein Referendar sein! Der war doch noch viel zu jung. Und wieso eigentlich Referendar? Sollten wir nicht eine Referendar*in* kriegen?

»Wieso ist das ein Mann und keine Frau?«, zischte ich Hanna zu, die schließlich für diese Falschmeldung verantwortlich war.

»Das ist genetisch bedingt«, kam statt von ihr die Erklärung vom Lehrerpult. »Da liegt wohl in Biologie ein kleiner Nachholbedarf vor, trotz erfolgreich allein erziehender Mutter?«

Jetzt war es an mir, rot zu werden. Mensch, Mila! Was ist denn mit dir los? Gib ihm Kontra! Lehrer oder nicht …

»Könnte sein«, gab ich zu, um dann gleich vorzustürmen: »Aber Sie sind ja der Experte. Wie wäre es mit ein paar Nachhilfestunden?«

Wieder allgemeines Gewieher und Hanna flüsterte mir zu: »Cool, den packst du!«

Oder auch nicht. Auf den Kopf schien der jedenfalls nicht gefallen zu sein und auf den Mund erst recht nicht.

»Darüber lässt sich reden«, sagte er lässig, »was bietest du denn dafür?«

»Bieten?«

»Na ja, ich könnte ja auch etwas Nachhilfe gebrauchen, in Bezug auf eure Klasse zum Beispiel, wie ihr so drauf seid und wo eure persönlichen und fachlichen Stärken und Schwächen liegen …«

Hanna, obwohl gar nicht angesprochen, war sofort Feuer und Flamme. »Ich bin die Klassensprecherin«, rief sie in die Klasse, »ich versorge Sie gerne mit allen Informationen, die Sie brauchen!«

Na, das konnte ich mir vorstellen. Aber nicht mit mir! Sie hatte schließlich ihren Branko!

»Lass die Finger von ihm!«, zischte ich ihr zu. »Der gehört mir!«

Mein Ton war wohl ziemlich scharf geraten, denn sie sah mich völlig perplex an. »Tickst du noch richtig?!«, flüsterte sie mit mühsam unterdrückter Aggression zurück. »Das ist ein Lehrer!«

»Referendar!«

»Das ist das Gleiche! Mit Lehrpersonen kann man nichts anfangen!«

Mit Lehrpersonen kann man nichts anfangen! Püh! Das wollen wir doch mal sehen!

»Danke«, sagte die Lehrperson grade zu Hanna, »das ist ein sehr freundliches Angebot. Wie sagtest du, war dein Name?«

»Sie sagte gar nichts!«, platzte ich heraus. »Aber sie heißt Hanna!«

»Ah, Hanna.« Er lächelte mit strahlend weißen Zähnen. »Ein schöner Name, passt.«

Dann sah er mich mit unendlich tiefblauen Augen an. »Und wie heißt unsere kleine ›Kupplerin‹?«

Erde, tu dich auf! Verschlinge mich, damit ich das bellende Gelächter von Markus und Co. nicht hören muss. War der Typ von Sinnen, mich so vorzuführen? Ich sollte doch meine Ohnmacht nehmen.

»Die heißt Mila«, antwortete statt meiner Vanessa, »und ich bin Vanessa. Ich reite. Turniere!«

Ich glaub, mich tritt ein Pferd, dachte ich. Was hatte sich die doofe Ziege denn nun wieder in den Vordergrund zu drängen und was sollte das dumme Gerede vom Reiten? Wen interessierte das?!

Offenbar den neuen Referendaren, denn er sagte für meinen Geschmack viel zu freundlich: »Das finde ich ja spannend. Da musst du bei Gelegenheit in Biologie mal etwas von deinem Fachwissen einbringen!«

Fachwissen? Ging's dem noch gut? Alles, was Vanessa einbringen wollte, war sich selbst. Die ließ doch keine Chance aus, sich in den Vordergrund zu drängen.

Dann stellte sich unser Referendar erst mal selbst vor. Er hieß Pit Winter, womit er bei mir gleich seinen Spitznamen weghatte: Piwi.

Piwi war wirklich erstaunlich. Er hatte eine Art

mit uns zu sprechen, sich zu bewegen, zu lachen, wie wir sie noch von keinem Lehrer an unserer Schule erlebt hatten. Klar, da gab es auch Coole und Lässige und Sportliche und Witzige und Ironische und Kluge und Humorvolle … aber nicht alles in einer Person und nicht so … so … so jung eben. Unser Kollegium war doch verglichen mit diesem Typ schlichtweg an der Schwelle zum Ruhestand. Selbst Frau Kempinski, die werdende Mutter, hatte die Vierzig schon überschritten und Old MacDonald, der werdende Vater, war ein später 68er. Der Piwi konnte glatt ihr Sohn sein! Das musste man sich mal reintun!!!

Ich grinste in mich hinein.

Das hatte er doch schon wieder gesehen! »Na, Mila, was freut dich denn so? Heckst du wieder eine kesse Bemerkung aus?«

Ich sterbe! Wirklich, ich dachte, ich sterbe vor Glück! Kesse Bemerkung! Klang das süß! Grad so, als ob er auf kesse Bemerkungen stand! Vanessa warf mir einen giftigen Blick zu.

Also hatte sie die Freundlichkeit in seinem Ausspruch auch gehört. Ich grinste zurück. Zu mir war er freundlich gewesen, nicht zu ihr, der Turnierreiterin! Stand wohl nicht auf Zicken. Ätsch!

»Ich werde mich bemühen, schnell alle Namen zu lernen. Wenn alles regulär läuft, werde ich die ersten Stunden mit Frau Kempinski zusammen unterrichten. Wenn sie dann in den Mutterschutz geht, übernehme ich die Klasse vorübergehend alleine. Ich hoffe, dass wir miteinander klarkommen.«

»Sind wir Ihre erste Klasse?«, fragte Hanna.

Er schüttelte den Kopf. »Nein, ihr seid auch nicht die einzige. Regulär unterrichte ich zurzeit auf der Sek II. Dies ist nur ein kleiner Feuerwehrjob. Ich hoffe, ich erledige ihn zu unser aller Zufriedenheit. Ende des Schuljahres bin ich dann hoffentlich mit dem Referendariat fertig.«

Wie bescheiden! Ganz ungewöhnlich für ein männliches, relativ gut aussehendes Wesen. Mein Blick glitt zu Markus und ich fühlte seinen gestrigen Kuss auf meinen Lippen brennen. Bei uns zeichneten sich gut aussehende Typen normalerweise nicht gerade durch Bescheidenheit aus!

»Und wer macht jetzt mit uns die Klassenfahrt, wenn Frau Kempinski ein Baby hat? Die lässt das doch bestimmt nicht gleich alleine!«

»Wie wäre es mit Rumpelstilzchen?«, kam ein völlig abartiger Vorschlag von Markus, was ein allgemeines Aufjaulen nach sich zog. Mit Rumpelstilzchen, unserem Mathelehrer, vertrug sich niemand, außer vielleicht die mathematisch hochbegabte Vanessa. Die hatte er irgendwie in sein Herz geschlossen. Wahrscheinlich wegen der gemeinsamen Zickigkeit im Geiste!

»Der Kollege scheint in dieser Klasse nicht sehr beliebt zu sein«, folgerte Piwi messerscharf.

»Nicht beliebt?«, rutschte es mir raus. »Er wird gehasst!«

Ach du Schreck! War ich denn völlig von der Rolle?

»Du scheinst ein Mädchen mit starken Gefühlen zu sein«, sagte der junge Referendar und sah mich mit seinen unverschämt blauen Augen tiefgründig an. »Und mit einer deutlichen Sprache. Mal sehen, wie wir damit klarkommen.«

War das jetzt ein Rüffel? Offenbar ja, immerhin einigermaßen dezent verpackt. Aber für meine Freundinnen nicht dezent genug.

»Halt dich doch mal ein bisschen zurück«, flüsterte Hanna.

Und Kati sagte leise: »Verscherz es dir nicht gleich mit dem, der ist doch meganett.«

Das fand ich ja auch. Besonders, als er andeutete, dass er eventuell sogar bereit sein würde, eine Klassenfahrt mit uns zu machen. Zwar nicht die von Frau Kempinski geplante nach Weimar, aber doch etwas, was als Ersatz dafür das Gruppenerlebnis fördern würde.

Gruppenerlebnis fördern! Da gab es in unserer Klasse tatsächlich eine Menge zu fördern, aber was mich anbetraf, interessierte mich das im Moment ziemlich wenig.

Wenn hier was gefördert werden musste, dann einzig und allein eine Zweierbeziehung, und zwar die zwischen diesem Weltwunder von einem Lehrer und mir, Mila mit der kessen Schnauze!

In der Pause gab es natürlich nur ein Gesprächsthema: Pit Winter.

»Extraklasse!«

»Einfach süß!«

»Super nett!«

»Und dabei sieht er auch noch richtig cool aus!«

Meine beiden Freundinnen gingen ja wirklich voll ab. Mir war es nur recht, dass Pit Winter ihnen offenbar genügend Gesprächsstoff bot. Da kamen sie wenigstens nicht auf die Idee, wieder mein nicht vorhandenes Liebesleben zum Gegenstand ihrer tief schürfenden Analysen zu machen.

Erst gestern hatten sie angeboten, unseren Hexenclub wieder zu beleben, um mir einen Freund herbeizuhexen.

Nein danke!

Obwohl, seit Hanna bei Branko in festen Händen war und Kati nun offenbar auch ihr Glück bei Florian gefunden hatte, war es eigentlich logisch, dass nun ich dran war, mit einem Freund versorgt zu werden. Und sie fanden es beide ganz und gar undankbar, dass ich mich gegen ihre gut gemeinten Verkuppelungsversuche sperrte.

»Wirklich, Mila, ich meine es doch nur gut«, hatte Hanna noch gestern auf Brankos Fete gesagt. »Du solltest ein wenig realistischer und mit weniger Vorurteilen an die Jungen rangehen. Du bist einfach zu anspruchsvoll, bei deinen hohen Erwartungen kriegst du ohne ein bisschen Nachhilfe durch erprobte Hexen wie uns nie einen ab.«

Irgendwie ging mir das Mädchen auf den Senkel. Ich seufzte betont theatralisch. »Tja, dann werde ich mich auf meine alten Tage wohl langsam auf ein Leben ohne Mann einstellen müssen. Mit vierzehn ist das Leben ja schon so gut wie vorbei!«

Kati tippte sich an die Stirn. »Du spinnst!«

Hanna gab noch nicht auf. »Auf deinen Traumprinzen kannst du ewig warten, wenn du deine Ansprüche nicht ein wenig herunterschraubst.«

»Wieso denn Traumprinz? Ich bin doch wohl am realistischsten von uns dreien. Gerade darum sehe ich mir die Typen ja auch gründlich an. Kann ich was dafür, wenn sie sich bei näherem Hinsehen meistens als Nieten erweisen, die nur an meinem Geschlecht, aber nicht an meinem Charakter interessiert sind? Das muss ich wirklich nicht haben.«

Hanna war nun völlig deprimiert. »Ach du liebes Lieschen. Klar fahren die Jungen auf jedes weibliche Wesen ab, aber das heißt doch nicht, dass unter diesen Hormonsklaven nicht auch ein paar anständige Kerle sind. Denk doch nur mal an Branko.«

Branko! Jajajaja! Branko, Branko und noch mal Branko. Ich wusste ja nun, dass er der ultimative Boyfriend war. Musste sie mir denn ständig ihr Glück mit ihm unter die Nase reiben?

Und weil mich ihre Bemerkung doch sehr ärgerte, hatte ich sie gestern einfach stehen lassen und mich Hals über Kopf in das Partygetümmel gestürzt. Aber was hatte es gebracht? Wie erwartet nichts! Nur einen dummen Spruch von Markus und einen hinterrücks geklauten Kuss!

»He, Mila, träumst du?«

Katis Stimme riss mich aus meinen eher betrüblichen Gedanken zurück in die Realität des Schulhofs.

»Hast du denn gar nichts zu unserem neuen Referendar zu sagen?«

»Dem neuen Referendar? Och, doch, ein erstaunlicher Typ.«

»Na, das klingt aber nicht sehr begeistert.«

»Doch, doch, ich finde ihn echt gut ... mal sehen, wie es mit ihm weiterläuft ... wirklich ... ich finde ihn tendenziell ganz nett ...«

Mehr wollte ich dazu nicht sagen. Denn nichts wäre schlimmer, als wenn meine Freundinnen herauskriegten, dass ich mich, ganz entgegen meiner sonstigen Zurückhaltung in Sachen Liebe, auf den ersten Blick in ihn verknallt hatte.

Das verwirrte mich total und ich musste erst mal mit mir selbst ins Reine kommen.

Leider war dazu aber nicht übermäßig viel Zeit, denn nach der großen Pause hatten wir Herrn Winter schon wieder. Diesmal in Bio.

Er war genauso sympathisch und locker wie in der Stunde vorher und schaffte es, selbst die größten Schlafsäcke für sein Thema zu motivieren. Sogar Knolle und der sonst ziemlich schweigsame Tobi bemühten sich, etwas zum Unterricht beizutragen. Nur mir wollte die Hand zum Melden nicht hoch und keine intelligente Bemerkung über die Lippen kommen. Ich saß eingenebelt in einer Dunstglocke schwülster Gefühle, wie ich sie noch nie in meinem Leben erlebt hatte. Ich hing an seinen Lippen und Gesten und konnte immer nur denken, ist er nicht toll, ist er nicht süß, ist er nicht wunderbar!?

Irgendwie war es aber wohl nicht das, was er von mir erwartet hatte, denn mehr als einmal richtete er eine Frage ganz gezielt an mich. Nur leider sah ich mich außerstande, sie mit mehr als einem hilflosen Gestammel zu beantworten.

Allmählich fiel es auch meinen Klassenkameraden auf, dass ich völlig durch den Wind war, und Hanna zischte mir zu: »Nun reiß dich aber mal ein bisschen zusammen. Was soll denn dieses Gezicke? Willst du dich interessant machen?«

Das hatte natürlich Vanessa gleich wieder mitgekriegt und musste noch eins draufsetzen. So laut, dass Pit Winter es hören musste, sagte sie: »Ja, wem es an Intelligenz fehlt, der versucht es halt mit Theaterspielen!«

Pit Winter hatte aber offenbar nur den zweiten Teil des Satzes gehört, denn er fragte: »Du spielst Theater, Mila? Das finde ich ja ganz toll. Erzähl doch mal.«

Offenbar glaubte er damit endlich mein Schweigen brechen und mich in das Unterrichtsgespräch hineinziehen zu können.

Ach, weit gefehlt. Von nichts verstand ich weniger als vom Theater. Ich war überhaupt kein besonders musischer Mensch. Lieber schrieb ich zehn

Mathetests bei Rumpelstilzchen, als fünf Minuten auf einer Bühne zu stehen. Aber er schien ja auf Theater voll abzufahren. Konnte ich ihn enttäuschen, indem ich gestand, dass theatermäßig bei mir nichts zu holen war? Wie dumm, wo ich ihm doch so gerne durch irgendwelche besonderen Fähigkeiten imponiert hätte. Warum fragte er mich denn nichts zu Bio? Meine Stärken lagen doch nun mal bei den Natur- und nicht bei den Geisteswissenschaften.

Das musste ich ihm einfach irgendwie beibringen. Ich gab mir einen Ruck. »Ich denke, wir haben jetzt Bio«, sagte ich und es klang harscher, als ich eigentlich wollte.

Pit Winter sah mich einen Moment überrascht an. Mit einer solchen Abfuhr hatte er wohl nicht gerechnet und mir tat sie auch sofort Leid.

Aber ehe ich noch etwas Freundlicheres ergänzen konnte, sagte er: »Oh, pardon, wie konnte ich das vergessen!« Und ohne sich weiter um mich zu kümmern, fuhr er im Stoff fort.

Ich versuchte noch ein-, zweimal mich zu beteiligen, aber da er meine Meldungen übersah, als wenn ich Luft für ihn wäre, stellte ich meine Bemühungen, ihn versöhnlicher zu stimmen, schließlich ein.

Das war mal wieder typisch Mila. Da tauchte endlich mal ein Typ auf, den ich total gut fand, und dann musste ich es mir gleich mit ihm verderben. Ich hätte heulen mögen!

»Mila, du spinnst!«

Ich hatte Hanna selten so geladen gesehen. Wir waren auf dem Weg zum Bus, und seit wir aus dem Schultor getreten waren, hatte sie nichts anderes zu tun als mir Vorwürfe zu machen.

»Was ist denn bloß in dich gefahren! Wie kann man sich so danebenbenehmen! Dieser Referendar ist doch total nett!«

»Das finde ich ja auch«, sagte ich kleinlaut. »Ich finde ihn auch total cool.«

»Na, dann hast du aber eine seltsame Art, das zu zeigen.«

»Geb ich ja zu. Aber der Typ hat mir echt den Verstand geraubt. Ich hab das Gefühl, dass bei mir ein paar Relais im Gehirn verschmort sind, seit der unsere Klasse betreten hat.«

»Na, dann sieh mal zu, dass du das schleunigst in den Griff kriegst. Man könnte sonst auf die Idee kommen, dass du mit Vanessa um die Wette zicken willst.«

Das war hart.

»Ist es so schlimm gewesen?«, fragte ich geknickt.

»Schlimmer«, war die herzlose Antwort.

»Ich weiß auch nicht, was mit mir los war«, sagte ich, und das entsprach der Wahrheit. Irgendetwas war mit mir geschehen, etwas Erstaunliches, Beunruhigendes, Megatolles, Irrsinniges … ach, ich weiß nicht was. Was immer es war, eins wusste ich, es hing mit diesem jungen Referendar zusammen, der so plötzlich in unsere Klasse geschneit war.

War es meine Schuld, dass er wie ein Oberstufenschüler aussah? Woher sollte ich denn wissen, dass er keiner war, als er da so lässig im Türrahmen stand.

Er trug die gleichen Klamotten, den gleichen Rucksack, die gleiche Frisur und er sprach wie die Jungen aus der Dreizehnten … nur Pickel hatte er weniger. Verdammt noch mal, wenn fast alles so wie bei einem Oberstufenschüler war, warum konnte er dann nicht auch einer sein?

»Wollen wir noch einen Milchkaffee trinken?«, machte ich Hanna ein versöhnliches Angebot.

Aber sie schüttelte bedauernd den Kopf. »Nee, geht nicht. Ich hab doch gleich Musikstunde und vorher wollte ich mit Branko noch ein Stück Pizza essen.«

Na, dann! Was nützt einem eine Freundin, die sich ständig mit einem Typ trifft, wenn man sie braucht?

Hanna sah mir meinen Frust wohl an, denn sie fragte: »Bist du jetzt sauer?«

»Nee, nee.« Ich schüttelte den Kopf. »Passt schon.«

Kapitel 2
In der Schule tut sich was

Es passte natürlich nicht.

Wenigstens ließ Hanna mich nicht ganz hängen. Ich war am Abend gerade dabei, in Mamas Frisiersalon den Besen zu schwingen, als sie ihr Fahrrad gegen die Schaufensterscheibe stellte. Ich schloss schnell auf und ließ sie herein.

»Ich wollte doch noch mal nach dir sehen«, sagte sie und lächelte mich lieb und ein wenig schuldbewusst an.

Sei du nur schuldbewusst, dachte ich und lächelte etwas gedämpft zurück. Man lässt seine Freundin nicht wegen einem Typ hängen!

»Ich bin grade eine Runde mit Branko gelaufen«, sagte sie etwas außer Atem und warf sich in einen Frisiersessel. »Bitte einmal Waschen und Legen!«

Ich zupfte an ihrem roten Haarschopf.

»Könnte eine Tönung gebrauchen«, bemerkte ich in beiläufigem Tonfall. Sie schoss wie von der Tarantel gestochen aus dem Sitz.

»Nimm ja deine Griffel weg«, rief sie in gespieltem Entsetzen. »Dich lasse ich nicht mehr mit Farbe an mein Haar!« Und wir mussten beide lachen. Zu gut erinnerten wir uns daran, wie ich Hanna die Haare schwarz getönt hatte, damit wir uns am *Bizzar Monday* leichter in die Disko schmuggeln konnten, und wie die Tönung, die eigentlich nur bis zur nächsten Haarwäsche halten sollte, dann ewig nicht wieder rausgehen wollte.

»War nur ein Scherz«, beruhigte ich sie und begann, nachdem Hanna sich wieder gesetzt hatte, Scheren, Haarclips und Bürsten mit Desinfektionslauge zu reinigen.

Ich hatte mich an diese Arbeit schon gewöhnt, da ich sie fast jeden Abend machte. Mama gab mir dafür ein kleines Gehalt, das mein Taschengeld merklich aufbesserte. Da konnte ich mir dann schon mal einen Pulli extra oder einen zusätzlichen Kinobesuch leisten.

»Wer arbeitet, soll auch bezahlt werden«, meinte Mama. »Das ist in Ordnung. Ich hab in deinem Alter überhaupt kein Taschengeld bekommen und habe vor der Schule Zeitungen ausgetragen.«

Das muss man sich mal klar machen, *vor* der Schule! Das würde ich als notorischer Schlafsack nie bringen. Nee, dann schon lieber abends den Laden aufräumen, das passte besser in meinen Biorhythmus. Und wenn ich mich beeilte, konnte ich danach immer noch was unternehmen.

»Diesen Referendar finde ich ja wirklich krass«, kam Hanna gleich auf das Topthema des Tages zu sprechen. Offenbar hatte er auch sie schwer beeindruckt.

Ich wollte nicht wieder in den gleichen Fehler wie heute Morgen verfallen und mein Herz allzu offen auf der Zunge tragen, weshalb ich mich erst mal etwas bedeckt hielt. »Macht einen ganz guten Eindruck.«

»Der sieht ja wirklich total jung aus. Wie alt würdest du ihn schätzen?«

Ich überlegte. Aussehen tat er wie neunzehn oder zwanzig. Wie alt musste man sein, um Referendar an einem Gymnasium sein zu können? Ich hatte keine Ahnung.

»Warum fragen wir ihn nicht einfach?«

»Weil es peinlich ist.«

»Wieso?«

»Ist es eben.«

Ah, ja. Also mal rechnen. In Mathe war ich ja nicht ganz so schlecht.

»Zwölf Semester Studium ... das macht sechs Jahre ... anderthalb Jahre Referendariat hat er bestimmt schon ... macht fast acht Jahre ... Abi gemacht hat er mit neunzehn, nehmen wir mal an, weil, er wirkt ja ganz helle. Und weil er ein gutes Zeugnis hatte, hat er gleich einen Studienplatz in Bio gekriegt ... also neunzehn und acht ...« Ich seufzte. »Mein Gott, dann muss er ja mindestens siebenundzwanzig sein!«

Dreizehn Jahre älter als wir. Das war ja vielleicht ein Schock.

»Aber man sieht es ihm wirklich nicht an«, meinte Hanna nach einem Blick auf mich tröstend.

Ich konnte es immer noch nicht glauben. »Wie kann einer so alt sein und zugleich so jung aussehen?«

Nun lachte Hanna. »Da kann ich ihn nur selbst zitieren: Das sind die Gene!«

»Nicht zufällig die Hormone?«, vergewisserte ich mich nun ebenfalls lachend.

Hanna wechselte das Thema. »Stell dir vor, Kati ist völlig down, weil Florian morgen wieder nach Hause fährt. Sie kann es einfach nicht fassen, dass sein Besuch sie fast drei Wochen genervt hat und dass er jetzt, wo sie sich in ihn verliebt hat, abreisen muss.«

»Tja, Unordnung und frühes Leid, wie der Dichter so schön sagt ... ich fürchte, da muss sie wohl durch.«

»Wollen wir sie nicht ein bisschen aufmuntern und morgen mit ihr ins Kino gehen?«, schlug bei Mutter Theresa junior mal wieder die fürsorgliche Ader durch. Aber Kino war schon in Ordnung. Donnerstags gab es ja auch immer das neue Programm. Vielleicht war was Aufheiterndes dabei.

»Alles klar.« Ich trocknete die Scheren ab und verstaute sie in den verschiedenen Frisierwagen.

»Soll ich sie anrufen?«

»Ach, besser nicht. Sicher ist sie heute den ganzen Abend mit Florian beschäftigt. Wir sagen es ihr morgen in der Schule.« Hanna sah sich um. »Kann ich dir noch irgendwie helfen?« Sie hatte offenbar heute wirklich ihren sozialen Tag.

»Nee, lass mal. Ich komm schon klar.«

»Ehe ich es vergesse« – sie stand schon in der Tür – »Markus hat gefragt, ob du Freitag mit ihm zu einer Fete gehen willst.«

Wollte ich ...? Fete mit Markus? Hatte ich irgendeine Wette verloren oder was?

»Wie komme ich denn zu der Ehre?«

Hanna zuckte die Schultern. »Keine Ahnung. Musst wohl auf Brankos Party einen unauslöschlichen Eindruck bei ihm hinterlassen haben.«

Sie verließ den Laden. Im Rausgehen sagte sie: »Überleg's dir, aber wenn ich du wäre, würde ich ablehnen. Du weißt doch, was für ein Weiberheld er ist und ... na ja, da bleibt immer ein Restrisiko!«

Sie schwang sich auf ihr Fahrrad und husch war sie weg.

Restrisiko! Das hatte sie mal wieder gut ausgedrückt. Ein Risikofaktor war Markus tatsächlich, da gab ich mich keinen Illusionen hin, und wieder begannen bei der Erinnerung an seinen frechen Kuss meine Lippen zu brennen.

Nein, ich würde bestimmt nicht mit ihm zu einer Fete gehen.

Unser Haus war ein kleines Siedlungshaus aus den Dreißigerjahren. Schlicht und ohne Schnörkel, aber am Ende einer Sackgasse mitten auf einem wunderschön eingewachsenen Grundstück gelegen. Mama hatte es gekauft, als ich fünf Jahre alt war, und im Laufe der Zeit hatten wir es durch zahlreiche mühevolle Umbauten an unsere Bedürfnisse und unseren Geschmack angepasst. Sogar eine kleine Sauna hatten wir inzwischen eingebaut. Ein richtiges Frauenhaus war es, das wir nur manchmal und meistens nur kurzfristig mit einem männlichen Wesen teilten. Dann nämlich, wenn Mama sich mal wieder verliebt hatte und glaubte, nun den ultimativen Partner gefunden zu haben. Aber wie gesagt, meistens war das nicht von langer Dauer. Worüber ich zumindest nicht traurig war. Ehrlich gesagt fand ich es ganz in Ordnung, dass sie meinen Vater nicht geheiratet hatte. Er war inzwischen ein ziemlicher Langweiler geworden, der in seiner Versicherungsagentur saß und Weib und zwei Kindlein sein Eigen nannte. Ich hatte außer zu Weihnachten und zum Geburtstag praktisch keinen Kontakt zu ihm. Wie gesagt, er fehlte mir wirklich nicht.

Als ich nach Hause kam, lag Mama im Wohnzimmer vor dem laufenden Fernseher auf dem Sofa und schlief. Schien ja mal wieder völlig fertig zu sein, die Gute. Ja, so einen Frisiersalon zu führen war schon ein ziemlicher Stress, selbst wenn man es so gerne machte wie sie. Nicht nur Beruf war das bei ihr, auch Berufung!

Eine Zeitschrift lag aufgeblättert auf dem Boden. Offenbar war sie ihr aus den Händen gerutscht. Ich ging in die Küche und schmierte mir zwei Scheiben Brot, wusch einen Apfel ab und goss mir eine Bluna ein. Sind wir nicht alle ein bisschen bluna? Die Frage konnte ich besonders heute nur mit einen enthusiastischen Ja beantworten.

Dann ging ich zurück ins Wohnzimmer und fläzte mich in einen Sessel. Da meine Lieblings-Quizshow lief, ließ ich den Fernseher angeschaltet.

Der Moderator grinste gerade mit seinem Bubengesicht in die Kamera, was mich wieder an unseren neuen Referendar erinnerte. Passenderweise gab's sogar eine Biofrage: Welches Huhn legt keine Eier? Das Moorhuhn, das Sumpfhuhn, das Suppenhuhn oder der Gockel? Das war ja wohl höchstens eine Hundert-Mark-Frage!

Gockel erinnerte mich wieder an Markus. Fete war ja interessant, aber mit Markus??? Bleib standhaft, Mila!, sprach eine wohlmeinende innere Stimme zu mir. Werde ich wohl, gab ich beruhigend zurück. Andrerseits musste ich auf so einer Fete ja nicht an ihm kleben bleiben wie eine Klette, sondern konnte mich mal in Ruhe nach anderen Jungs umsehen. Eine Fete war doch eigentlich eine gute Gelegenheit, sich einmal kostenlos und unverbindlich über das Angebot an passenden Typen zu informieren. Genau, mit Markus hätte es im Grunde gar nichts zu tun. Er war lediglich eine Eintrittskarte zu dieser, dieser … sagen wir mal … Informationsveranstaltung.

In welchem Musikfilm brillierte Madonna? *West-Side-Story, Porgy and Bess, My Fair Lady* oder *Evita*? Ist ja pippig für eine Sechzehntausend-Mark-Frage. Kann ja wohl nur *Evita* sein. Das andere sind doch alles alte Kamellen. Ich wette, als die gedreht wurden, war Madonna noch nicht mal aus den Windeln. Was sagt der Kandidat? Er kennt Madonna nicht? Wohl völlig unbedarft, der Typ! Was, die Antwort kommt erst nach der Werbung? Ich biss ungehalten in meinen Apfel. Mussten die einen immer so auf die Folter spannen? Dennoch. Quizshows fand ich cool. Mama und ich waren dabei oft richtig gut. Der Moderator erschien wieder auf dem Bildschirm. Natürlich war die Antwort *Evita*! Wow! Volltreffer! Sechzehntausend Mark im Sack. Ich juchzte los.

Mama ließ ein Grunzen hören, wälzte sich herum und sah mich verschlafen an. Sie setzte sich langsam auf und strich sich die verwuselten Haare aus der Stirn. »Bin ich eingeschlafen?«

»Ja, viel Stress gehabt? Soll ich dir ein Brot machen?«

Sie schüttelte lächelnd den Kopf. »Danke, hab schon im Laden was gegessen. Tina hat Pizza kommen lassen.«

»Gab's was zu feiern?«

»Abschied.«

»Och, sag nur, Tina geht weg?«

»Ja, sie will unbedingt in die Hauptstadt, weil ihr Freund dort ist. Wenn sie da mal keinen Fehler macht.«

»Ach, sei nicht immer so pessimistisch. Nur weil du mit deinen Männern kein Glück hast, muss es doch nicht allen so gehen!«

Mama sah mich forschend an. »Wie kommst du denn darauf, dass ich mit Männern kein Glück habe?«

»Na, wenn es anders wäre, dann hättest du doch bestimmt mal einen geheiratet!«

Sie lachte. »Für mich muss Glück nicht in einen Trauring geschmiedet werden. Ich dachte, das wüsstest du!«

Sie stand auf und schloss das Fenster, denn bei ihren letzten Worten war ein prasselnder Platzregen niedergegangen. Gerade so, als wollte da oben jemand Einspruch gegen diese Missachtung des Sakraments der Ehe einlegen.

»Wie viel hast du bisher gewonnen?«, fragte Mama und sah auf den Bildschirm.

»Sechzehntausend. Aber du hast mich abgelenkt und jetzt habe ich die Zweiunddreißigtausend-Mark-Frage verpasst!«

Es fing an, bedenklich auf das Dach zu prasseln. Hagel! Um diese Jahreszeit?

»Ist das Dachfenster zu?« Mama schickte sich an nach oben zu gehen.

»Ich sehe schon nach. Setz dich mal wieder hin. Warst ja den ganzen Tag auf den Beinen.« Ich rannte schnell die Treppe rauf. Hätte ich mir aber sparen können, denn natürlich war das Fenster zu.

Als ich zurückkam, war die Show zu Ende.

»Hast nichts verpasst«, sagte Mama. »Der Typ ist grade an vierundsechzigtausend gescheitert. Also, ich hätte die Antwort gewusst.«

»Dann bewirb dich doch mal«, schlug ich vor. »Oder soll ich mal die Bewerber-Hotline für dich anrufen?«

»Untersteh dich!«

»Aber eine Million ist doch nicht ohne! Stell dir mal vor, was wir damit alles machen könnten! Und du brauchtest nicht mehr in den Laden!«

»Ich will aber in den Laden. Denkst du, wenn ich Millionärin wäre, könnte ich plötzlich die Hände in den Schoß legen und nur Hausfrau und Mutter sein? Das willst du doch wohl nicht, dass ich dir das antue!«

Wie rücksichtsvoll. Nee, das wollte ich wirklich nicht.

»Aber der Gedanke, schön auf Malle in der Sonne am Swimmingpool zu liegen und mit netten Animateuren zu flirten, statt anderen Leuten die Haare zu frisieren, hat doch was, findest du nicht?«

Mama lachte. »Klar, für die Ferien ist das ja ganz okay, aber das ist doch kein Lebenszweck.«

Ich seufzte. Schade. Aber irgendwie hatte sie natürlich Recht.

»Sag mal, wenn Tina weggeht, wer macht denn dann das Schaufrisieren?«

Mama zog die Beine an und kuschelte sich tief in das Sofa. »Darüber denke ich auch nach. Wir haben uns ja schon angemeldet und es sieht blöd aus, wenn wir dann nicht antreten.«

Der Kammerwettbewerb der Friseurinnung unter dem Motto *Gut Abschneiden* war eines der wichtigsten Ereignisse für das Friseurhandwerk in der Region. Gutes Abschneiden dort wirkte sich stets positiv auf das Geschäft aus. Mama hatte dabei in den letzten Jahren mit ihren Leuten immer ordentlich abgeräumt. Zu dumm, dass Tina wegging.

»Willst du's etwa selber machen?« Ich befürchtete bereits das Schlimmste.

»Traust du es mir nicht zu?« Sie klang beleidigt.

»Doch, klar, doch … nur … es ist doch immer ein irrer Stress!«

»Weißt du jemand Besseres?«

Natürlich nicht. Tina war die beste Friseurin in Mamas Salon. Karin war mehr was für Dauerwellen über sechzig und Elvira war noch Lehrmädchen. Blieb wirklich nur Mama.

»Na gut, wenn es fürs Geschäft wichtig ist, dann mach es doch. Wirst denen schon zeigen, was 'ne Trendfrisur ist!«

Das Lob freute sie und sie lächelte mich glücklich wie ein kleines Kind an. »Bringst du mir jetzt doch noch ein Häppchen zu essen und was Kühles zu trinken?«

Ich wälzte meinen Leib hoch, um ihre Bitte zu erfüllen. Wäre ja nicht schlecht, wenn mir auch mal jemand was Leckeres vor den Fernseher bringen würde. Aber das gab es nur, wenn ich mal einen Abend bei Hanna oder Kati verbrachte. Deren Mütter hatten zwar auch ein Geschäft, aber auch einen Mann, und darum gab es bei denen ein geregeltes Familienleben. Das hieß, die Mütter sorgten für die Kinder und nicht umgekehrt.

»Bist ein Schatz«, rief Mama mir hinterher, als ich widerwillig in die Küche pilgerte.

Manchmal ging mir das Leben als allein erziehende Tochter ganz schön auf den Keks!

Als ich am nächsten Morgen Kati am Schultor traf, sah sie übernächtigt aus und hatte rot geweinte Augen. Meine Güte, die musste es ja wirklich heftig erwischt haben.

Ich umarmte sie und gab ihr einen Kuss auf die Wange. »Arme Maus«, sagte ich mitfühlend. »Ist es so schlimm?«

Sie nickte stumm. Nach ein paar müden Schritten sagte sie: »Warum hab ich nur drei Wochen neben ihm hergelebt, ohne zu merken, wie lieb er ist? Ich werde es mir nie verzeihen, dass ich so zickig zu ihm war. Was hätten wir für eine schöne Zeit haben können … und nun ist er weg.« Sie schluchzte und die Tränen ließen sich nicht mehr zurückhalten.

Ich schaute mich um. Mein Gott, wie machte sich das Mädchen peinlich. Hoffentlich sah uns niemand.

Frommer Wunsch und vergebene Hoffnung auf einem überfüllten Schulhof, über den alles zum Unterrichtsbeginn in die Schule strömte.

Knolle, dieser unsägliche Typ mit der Kartoffelnase, blieb im Vorübergehen stehen und stierte Kati wortlos, aber höchst interessiert an.

»Mach dich vom Acker«, zischte ich ihn an, »bevor dir die Augen aus dem Kopf fallen!«

In dem Moment kam Markus dazu. »Na, Blondchen? Liebeskummer? Kann ich trösten?«

Ich hätte ihn auf den Mond schießen können. Wie er sich schon wieder vor uns aufbaute in seinen Edelklamotten und der bekannten Machopose. Wie kriegte er nur immer dieses Funkeln in seine Augen, wenn er ein Mädchen ansah? Mit so einem Typ konnte ich doch nicht zu einer Fete gehen. Hoffentlich sprach er mich nicht jetzt darauf an.

Tat er natürlich doch. »Und? Hat Hanna dich gefragt?«, sagte er in beiläufigem Tonfall zu mir, ohne seine Augen von Kati zu nehmen, die er offensichtlich als interessantes Studienobjekt betrachtete.

»Was gefragt?« Ich stellte mich blöd.

»Na, ob du mit mir auf die Fete gehst?«

»Ach so. Fete. Ja, hat sie, hat sie gemacht. Sie hat mich gefragt.«

»Na und? Kommst du mit?«

Jetzt hatte er mich festgenagelt. Sollte ich der Verlockung nachgeben? Aber wie er da so megaselbstbewusst, ja fast schon arrogant stand, mit einer Herablassung, als wäre er Prinz Harry von England persönlich, trieb's mir die Verdauungssäfte bitter nach oben. Nee, mit dem Typ niemals. Wer war ich eigentlich, dass der mich so plump anmachte?

Hanna war mit ihm in die Disko gegangen, weil er für sie beim Mathetest gemogelt hatte. Das war so eine Art Bezahlung gewesen. Aber ich, ich schuldete ihm überhaupt nichts und hatte darum nicht die mindeste Veranlassung, ihm die Gunst meiner Gesellschaft zu gewähren. Antrag abgelehnt.

»Na, wie ist es nun?«, drängte er.

Ich hakte Kati unter und zog sie von den immer noch penetrant auf sie starrenden Jungen weg. Über die Schulter blickte ich kurz zu Markus zurück und sagte ganz lässig: »Kannst ja mal einen schriftlichen Antrag stellen. Rechne aber mit einem etwas längeren Bearbeitungszeitraum. Wir sind zurzeit alle ausgebucht.«

Hinter mir lachte jemand herzhaft. Hanna. Sie hakte Kati ebenfalls unter und sagte kichernd zu mir: »Dem sind glatt die Gesichtszüge entgleist!«

In der Mathestunde schielte ich unauffällig zu Markus hin. Als hätte er meinen Blick in seinem Nacken gespürt, sah er von seinem Arbeitsblatt auf und drehte sich um. Unsere Blicke begegneten sich. Dieses Funkeln! Als wenn ein Vulkan in ihm brodelte, der ständig Lava auswarf. Wenn er einen ansah, sprang diese beunruhigende Energie wie die Elektrizität auf einer Funkenstrecke über. Eigentlich hätte auch Rumpelstilzchen es jetzt knistern hören müssen.

Ich zog meinen Blick von Markus ab und sah zum Lehrertisch rüber. Nichts. Unser Mathelehrer war in einen Krimi vertieft und merkte nichts von der aufgeladenen Atmosphäre zwischen Markus und mir.

»Schon fertig?«, zischelte Hanna mir zu.

Ich schüttelte den Kopf und beugte ihn dann wieder über das Arbeitsblatt. Wenn ich mich jemals für einen Jungen interessieren sollte, dann bestimmt nicht für einen Typ wie Markus.

Überhaupt, was interessierten mich Markus oder irgendwelche anderen Jungen? Wo doch für mich von nun an in bestimmten Schulstunden die Sonne schien. Und wer vermutete, dass das mit unserem neuen Referendar zusammenhing, der lag vollkommen richtig.

Ich war ja keine besonders gute Schülerin, eher mittelprächtig, und von daher nicht so übermäßig an der Schule interessiert. Sie spielte in meinem Leben eine eher untergeordnete Rolle. Eine lästige Pflichtveranstaltung, deren beste Eigenschaft darin bestand, dass man dort außer Lehrern auch nette Leute traf, mit denen man wenigstens in den Pausen ein bisschen abratschen konnte. Aber da die Pausen kurz, die Stunden jedoch lang waren, schlug dieses Missverhältnis bisher eindeutig zu Ungunsten der Schule aus. Nun aber konnten mir bestimmte Stunden gar nicht lang genug sein und ich entdeckte, dass ich eigentlich schon immer eine stille Leidenschaft für deutsche Balladen und biologische Zusammenhänge gehabt hatte, was allerdings meine Freundinnen ziemlich erstaunte.

Klar, Frau Kempinski-nicht-von-der-Hotel-Dynastie war auch eine supernette Lehrerin, aber sie hatte gegenüber Pit Winter zwei Nachteile: Sie war eine Frau und in einem Alter, in dem sie meine Mutter hätte sein können. Und eine Mutter zu Hause reichte mir.

Da traf unser neuer Referendar schon sehr viel mehr meinen Geschmack. Obwohl … so richtig gut sah er ja eigentlich gar nicht aus. Gegen Markus, der immer nach zwei Wochen Mallorca aussah, war er ziemlich blass und um die hellen blauen Augen hatte er dunkle Schatten, so als ob er manche Nacht durchgearbeitet hätte. Ob man als Referendar so viel arbeiten musste? Na, egal. Ausschlaggebend war vor allem seine angenehm lockere und humorvolle Art mit uns umzugehen.

Gerade versuchte er unseren lahmen Haufen für eine Teilnahme am Wettbewerb *Jugend forscht* zu motivieren. »Ich hätte große Lust, eine Projektgruppe zu betreuen. Wenn wir bald anfangen, können wir noch eine Versuchsreihe zu den mendelschen Gesetzen starten. Wenn wir das Ganze dann vielleicht mit einer Computeranimation für die Präsentation aufbereiten, wäre das eine wirklich lohnende Sache.«

Ich war ein bisschen verwundert, dass er als Referendar so ein aufwändiges Projekt mit uns anfangen wollte. Und meinen Mitschülern ging es nicht anders.

»Bleiben Sie denn so lange bei uns?«, rief Vanessa erstaunt und posaunte ihre Frage mal wieder ungemeldet in die Klasse.

Er lachte. »Doch, ich denke schon, auf jeden Fall bis zum Ende des Schuljahres, und das müsste reichen. Also, wer Interesse hat, kann ja in der großen Pause mal für eine Vorbesprechung in den Bioraum kommen.«

»Mendelsche Gesetze?«, fragte Hanna nach dem Klingeln. »Was soll das denn sein?«

»Irgendwas mit Vererbung«, antwortete ich, weil ich mich dunkel an eine Frage aus einer Quizshow erinnerte.

»Hm, hast du da Bock drauf?« Kati klang auch nicht sehr begeistert. Die Naturwissenschaften waren ganz und gar nicht ihr Ding. Da sich bei ihr offensichtlich auch die Wirkung unseres neuen »Motivators« in Grenzen hielt, weil sie immer noch voll in ihre Trauer über Florians Abreise eingesponnen war, pilgerte ich schließlich als Einzige zum Bioraum rüber.

Am liebsten hätte ich auf der Türschwelle gleich wieder kehrtgemacht, als ich sah, wer sich noch für das Projekt, oder sollte ich besser sagen für Pit Winter interessierte.

In dem kleinen Grüppchen von acht Schülerinnen und Schülern waren sie nicht zu übersehen: Vanessa und Markus!

Während Markus bei meinem Eintreten gleich durch die Zähne pfiff, warf Vanessa mit einer arroganten Kopfbewegung ihre rote Lockenpracht in den Nacken und sah blasiert über mich hinweg, als sei ich ein Haufen Unrat.

»Zieh die Nase nicht so kraus«, sagte Markus ungalant zu ihr, »sonst kriegst du Falten.«

Ihr Blick durchbohrte ihn wie ein giftiger Pfeil. Sie sagte aber nichts.

Stattdessen wandte sie sich an Pit Winter. »Wird die Gruppe nicht allmählich zu groß?«

Der aber lachte nur. »Nein, nein! Komm nur rein, Mila. Schön, dass du dich für das Projekt interessierst, für dich haben wir doch immer noch einen Platz.«

Irrte ich mich oder freute er sich wirklich darüber, dass ich teilnehmen wollte? Das war mir ja noch nie passiert. Meistens kriegten die Lehrer Panik, wenn ich zu irgendeiner AG dazustieß. Ich sah noch den entsetzten Ausdruck unseres Chorleiters

Old MacDonald vor mir, als ich mich für den Chor anmeldete. »Sing aber nicht so laut, Mila, und überlass die Einsätze Hanna«, hatte er gesagt. Dabei war ich so unmusikalisch nun wirklich nicht. Und auf Heideröschen musste man ja heutzutage auch nicht unbedingt stehen. Wenn er mich nur mal lassen würde, könnte ich ihm ordentlich was vorrappen, da würde selbst Sabrina Setlur blass aussehen, fand ich!

Wollte da jemand behaupten, Rap sei keine Musik?! Null Ahnung vom Sound des neuen Jahrtausends!

Ich ging zu einer freien Bank und streckte Vanessa im Vorbeigehen die Zunge raus. Ätsch, dachte ich grinsend. Hast du gehört? Für mich hat er immer noch einen Platz. Für mich! Nicht für dich!

Was er dann zu dem Projekt erzählte, fand ich allerdings nicht mehr ganz so anmachend. Es ging darum, jede Menge Fruchtfliegen der Sorte *drosophila melanogaster* zu züchten, um herauszufinden, wie sich bestimmte Flügelmerkmale weitervererbten. Dazu gab es Fliegen mit glatten und welche mit gecurlten Flügeln. Wir sollten nachweisen, ob die Flügelform gemischt- oder reinerbig war. Der Clou aber sollte die Präsentation unseres Versuches mit einer Computeranimation sein. Das interessierte natürlich besonders Markus, der als Computerfreak bekannt war.

Ich wäre bestimmt wieder ausgestiegen, wenn Pit Winter mich mit seiner Bemerkung nicht irgendwie ganz ausdrücklich und speziell zum Mitmachen eingeladen hätte. Also trug ich mich in die Teilnehmerliste ein und erklärte mich somit bereit, in der nächsten Zeit jede Menge Fruchtfliegen zu züchten und auf ihre Erbanlagen zu untersuchen.

»Waaas? Dreimal in der Woche eine Stunde länger und täglich die Versuche kontrollieren? Bist du verrückt?!« Hanna konnte es nicht fassen, als ich ihr und Kati erzählte, worauf ich mich eingelassen hatte. »Hast du nichts Besseres zu tun, als deine Freizeit in der Gesellschaft von Fruchtfliegen zu verbringen? Man merkt wirklich, dass du noch keinen Freund hast!«

Und auch Kati stöhnte: »Grausam!«

Der Meinung konnte ich mich allerdings nicht anschließen. Die Fliegen, dachte ich bei mir, steck ich doch locker weg, wenn ich dafür ein paar Stunden mehr mit Piwi zusammen sein kann!

»Du hast so ein seltsames Strahlen im Gesicht«, riss Hanna mich aus meinen Gedanken und mit detektivischem Scharfsinn spekulierte sie: »Verfolgst du vielleicht noch irgendwelche anderen Interessen mit diesem Projekt? Ist Markus nicht auch in der Gruppe?«

Ich grinste sie frech an. Klar, ich verfolgte tatsächlich nicht ausschließlich wissenschaftliche Ziele, auch wenn sie mit Markus natürlich völlig auf dem Holzweg war. Aber das würde ich selbst meinen besten Freundinnen nicht auf die Nase binden. Und so sagte ich nur betont locker: »Wo werde ich! Alles rein für die Wissenschaft. Fliegen waren schon immer meine Leidenschaft.«

Und während wir wieder in die Klasse schlenderten, fügte ich geschwätzig einen Schwank aus meinem Leben hinzu, der diese Aussage anschaulich untermauerte. »Wisst ihr eigentlich, dass ich schon als Dreijährige von Fliegen fasziniert war? Ich habe sie in Marmeladengläsern gefangen und über mein Bett gehängt.«

Dass ich dann täglich kontrollierte, wann sie an

Luftmangel abkrepelten, erzählte ich meinen zart besaiteten Freundinnen allerdings lieber nicht. Doch bestärkte mich die Erinnerung an diesen frühkindlichen Forscherdrang noch einmal nachhaltig in der Überzeugung, dass ich in Pit Winters Projekt genau richtig war.

Nachmittags gingen wir wie geplant mit Kati ins Kino. Wir hatten eine Komödie ausgesucht, die aber so witzig auch nicht war. Jedenfalls ließ sich Kati aus ihrem Abschiedsschmerz um Florian nur schwer herauslocken.

Wir beschlossen noch auf eine Tasse Tee zu Hanna in den Buchladen ihrer Mutter zu gehen. Und als wir dort gemütlich saßen und in Zeitungen und Magazinen blätterten, sprachen wir ihr noch einmal solidarisch Mut zu.

»Stell dir vor«, sagte Hanna, »ihr hättet euch bis zuletzt angezickt! Jetzt wisst ihr doch wenigstens, was ihr füreinander empfindet, und bis zu unseren nächsten Ferien ist es so lange auch nicht mehr hin. Dann besuchst du Florian und ihr habt eine schöne Zeit.«

Kati nickte und sah irgendwie glücklich und unglücklich zugleich aus. Muss Liebe schön sein!

Ich blätterte gerade den Lokalteil der Zeitung durch, als mir eine große Anzeige auffiel: *Schüler-Lehrer-Teams für Quizshow gesucht.*

Stand da. War ja spannend. Ich überflog den Text. Schüler-Lehrer-Teams, die bereit waren, in einem Wissens-Quiz mitzumachen, wurden aufgerufen, sich zu bewerben. Die Teams sollten aus jeweils drei Schülern und einem Lehrer bestehen. Der Wettbewerb richtete sich an Klassen der Sekundarstufe I. Es gab sogar Preise zu gewinnen:

vom Computer bis zu einer kompletten Klassenreise nach Berlin. Das hörte sich irgendwie verlockend an, und als ich Kati immer noch wie einen Trauerkloß vor ihrer Teetasse hocken sah, hatte ich den Eindruck, dass sie dringend irgendeine Art von Ablenkung brauchte. Je aufregender, umso besser.

»Leute, was haltet ihr davon, wenn wir bei einer Quizshow mitmachen?«, platzte ich mit der Neuigkeit heraus.

Beide starrten mich fragend an.

»Für Schüler-Lehrer-Teams aus der Sek I. Das wäre doch was für uns.«

Ich reichte Hanna die Zeitung rüber und sofort begann sie laut vorzulesen.

»Cool!« Sie fand gleich Geschmack an der Sache, aber Kati als notorische Bedenkenträgerin äußerte ebenso rasch ihre Zweifel.

»Meinst du, wir sind dafür schlau genug? Und welcher Lehrer sollte denn da überhaupt mitmachen? Hier steht, es sollen drei Schüler und ein Lehrer gemeldet werden. Wer soll der Lehrer sein? Rumpelstilzchen vielleicht?«

»Ach, Quatsch!« Ich ließ es nicht zu, dass sie alles gleich mies machte. »Da werden sie sicherlich ganz normale Leute suchen. Hier steht, dass das Projekt vom Bundesministerium für Bildung und Wissenschaften unterstützt wird. So eine Art Bildungsoffensive. Das Motto heißt ›Der Bildung eine Chance‹. Gesendet wird es in allen Dritten Programmen der ARD. Ich glaube, wir hätten da gute Chancen. Bestimmt wäre es ein toller Spaß!«

»Was muss man denn da machen, um sich zu bewerben?«, fragte Hanna und fuhr sich mit fünf Fingern durch ihren kurzen roten Haarschopf.

»Ein formloses Bewerbungsschreiben hinschicken.«

»Was heißt formlos?«, wollte Kati wissen.

»Na ja, so einen normalen Brief eben: ›Hiermit bewerben wir uns für die Schüler-Lehrer-Quizshow‹.«

Wieder hatte Kati Bedenken. »Muss sich da nicht eigentlich die Schule bewerben?«

»Ich könnte ja einen Briefbogen von der Schülervertretung nehmen. Das ist dann zumindest halbamtlich«, schlug Hanna vor, was ich ganz genial fand.

Aber Kati gab noch immer keine Ruhe. »Ich kann mir wirklich nicht vorstellen, dass da einer von unseren Lehrern mitmacht.«

Hanna und ich sahen uns an.

»Ich schon!«, sagten wir wie aus einem Mund.

»Wer denn?«, wollte Kati wissen. Sie hatte offenbar in ihrem Abschiedsschmerz um Florian wirklich nicht mitgekriegt, dass die Welt sich weitergedreht hatte.

Wir lachten. »Na wer schon? Pit Winter natürlich! Unser neuer Referendar.«

Jetzt hatte es Kati aber fast umgehauen. Doch nach ein paar Schlucken Beruhigungstee musste sie zugeben, dass die Idee gar nicht so abwegig war. »Dem traue ich zu, dass der bei so was mitmacht«, sagte sie schließlich. »Und wer sollen die drei Schüler sein?«

»Na, wir natürlich!«

»Nee, ohne mich. Ich bin für öffentliche Auftritte überhaupt nicht geeignet. Da fällt mir nicht mal mehr ein, wie ich heiße, und ich blamiere die ganze Schule.«

Ich wollte gerade zu einem großen Überredungstrick greifen, als Hanna sagte: »Hier steht, das Geschlechterverhältnis soll ausgewogen sein. Das heißt, sie wollen zwei weibliche und zwei männliche Kandidaten.«

Erleichtert atmete Kati auf. »Dann bin ich ohnehin raus.«

»Einen Mann hätten wir ja, aber woher nehmen wir ein zweites männliches Wesen«, grübelte Hanna.

»Wie wäre es mit Tobi?«, schlug ich vor.

Kati kicherte. »Na, dann kann ich auch mitmachen. Der ist doch viel zu schüchtern!«

Damit hatte sie allerdings Recht. Tobi bei einem öffentlichen Auftritt war das Letzte. Bei den Duetten mit Hanna während unseres Chorauftrittes bei der Expo hatte er eine so peinliche Figur abgegeben, dass Old MacDonald ihn von weiteren Verpflichtungen dieser Art entbunden hatte.

»Wie wäre es mit Knolle?«, machte Kati einen völlig unpassenden Joke.

»Quatsch. Ein bisschen intelligent darf der Kandidat schon sein.«

»Wie wäre es denn vielleicht mit Markus?«, schlug Hanna mit einem herausfordernden Grinsen an meine Adresse vor.

»Markus? Willst du mich aus dem Team haben? Du glaubst doch nicht, dass ich mit dem so was mache!«

»Und warum nicht?«, nahm Kati diesen absolut unmöglichen und sicher von Hanna nur scherzhaft gemeinten Vorschlag auf. »Der ist immerhin ganz schön pfiffig.«

Pfiffig? Ich pfiff auf seine Pfiffigkeit! Nervend war der und sonst gar nichts.

Aber seltsamerweise schien auch Hanna diesen

Gedanken nun nicht mehr ganz abwegig zu finden. »Ich gebe ja zu, dass er als Typ so einige Macken hat, aber für so eine Sache wäre er vielleicht wirklich gar nicht mal schlecht. Genug Selbstbewusstsein hat er jedenfalls.«

»Ohne mich!«

»Stell dich nicht an. Du sollst ihn ja nicht gleich heiraten. Er ist doch nur einer aus dem Team und du musst mit ihm gar nicht viel zu tun haben. Meine Einstellung zu ihm kennst du. Ich habe ihm nicht ohne Grund mal eine geklebt. Aber hier geht es ums Gewinnen und mir fällt aus der Klasse wirklich keiner ein, der besser geeignet wäre.«

Da musste ich ihr leider Recht geben. »Meint ihr denn, er würde da überhaupt mitmachen?«

»Bestimmt. Dazu ist er eitel genug.«

»Ich will aber nichts mit ihm zu tun haben. Wenn Zweierteams gebildet werden, will ich mit Pit Winter zusammen sein«, stellte ich meine Bedingungen.

Hanna biss in den sauren Apfel. »Gut, können wir machen. Ich opfere mich für die gemeinsame Sache. Stellt euch mal vor, wir gewinnen eine Klassenfahrt in die Hauptstadt. Das wäre doch megacool!«

Mir war immer noch nicht ganz wohl bei der Geschichte, aber irgendwie schien für Hanna nun schon alles in Tüten.

Sie ging in ihr Zimmer und holte einen Briefbogen mit dem Kopf der Schülervertretung, dann schrieb sie die Bewerbung und meldete sich, mich, Pit Winter und Markus für die Quizshow an.

»Und es ist wirklich kein Versuch von euch, mich mit Markus zu verkuppeln?«, fragte ich sicherheitshalber noch mal, als sie den Brief zuklebte.

Beide schauten mich mit Unschuldsmienen an.

»Aber nein, wirklich nicht!«, sagte Kati, doch Hanna fügte hinzu: »Obwohl sich bei dir ja langsam auch mal was tun könnte. Ich grüble schon seit Wochen, wer für dich infrage kommen könnte …«

Nein, bitte nicht das schon wieder, dachte ich, genervt, denn ich wusste, wenn sie bei diesem Thema waren, konnte das nur wieder endlos ausarten. Mein Liebesleben war für meine Freundinnen spannender als jede Quizshow.

Kapitel 3
Mila biologisch-dynamisch

Die Ereignisse in der Schule und Mamas Schaufrisieren belegten mich so mit Beschlag, dass ich unsere Bewerbung dann völlig vergaß.

Pit Winter war der absolute Shootingstar und die Herzen aller Schüler flogen ihm zu. Die Jungen luden ihn in der Pause ein, am Fußballspiel teilzunehmen, und was die Mädchen anging, so hing beständig eine ganze Traube um ihn herum.

Sehr zu meinem Missfallen. Besonders Vanessa war mit ganzem Körpereinsatz dabei, schubste jedes weibliche Wesen aus seiner Nähe und schmiss sich, wenn er sie nur mit einem Blick streifte, voll in die Brust. Seit Tagen trug sie nur megaenge Tops und ihre neueste Haartönung war von einem so krassen Rotorange, dass sie schon von weitem wie die Warnleuchte bei einem Verkehrsunfall wirkte.

Sie ging uns allen ziemlich auf den Senkel, aber sie war fest davon überzeugt, dass Pit Winter sie »süß« fand, weil er leichtfertigerweise ihre Frage, wie er denn Mädchen mit roten Haaren fände, mit ebenjenem »süß« beantwortet hatte.

Inzwischen würde er vermutlich »klebrig« sagen, denn sie pappte sich bei jeder Gelegenheit an ihn ran, sülzte ihn mit unmöglichen Fragen und Thesen voll und besaß auch noch die Frechheit, ihn um Bücher zur Vorbereitung irgendwelcher Referate anzubetteln.

Als voll engagierter Lehrer brachte er sie ihr auch tatsächlich mit und sie hatte nichts anderes zu tun, als sie herumzuzeigen und mit ihrem superguten Verhältnis zu ihm zu protzen.

»Weißt du«, nahm sie mich einmal in der großen Pause beiseite und zeigte mir ein Balladenbuch von ihm, »das ist so eine Art Seelenverwandtschaft. Ich finde Balladen ja so was von romantisch.« Dann schlug sie das Buch auf und zeigte mir einen Text von Ludwig Uhland.

»Guck mal, alles voll mit seinen handschriftlichen Anmerkungen. Er ist ja so klug!«

Ach, du liebes Lieschen! Seelenverwandtschaft, Romantik … Dichtung und Wahrheit gerieten in ihrem Kopf ja wohl ganz schön durcheinander.

Aber als ich am Nachmittag im Garten in der Sonne saß und in meinem Reclam-Bändchen blätterte, missgönnte ich ihr Piwis schöne Leinenausgabe Deutscher Balladen aufs Heftigste. Und auch auf ihn wurde ich richtig zornig. Wie kam er dazu, dieser dusseligen Kuh so einen tollen Gedichtband auszuleihen? Das war ja wohl Perlen vor die Säue werfen. Ich wollte auch etwas Persönliches von ihm haben!

Ich sollte schneller drankommen, als ich dachte, und es war so persönlich, dass Vanessa sämtliche Balladenbücher nebst handschriftlicher Anmerkungen dafür eingetauscht hätte.

»Wir gehen heute tümpeln!«, verkündete Pit Winter eines sonnigen Morgens im Biounterricht.

»Tümpeln?«

»Ja. Noch nie was davon gehört? Es ist die ideale Zeit, um in Feuchtbiotopen und Tümpeln Anschauungsmaterial für den Unterricht zu holen. Da wir hier in der Nähe der Schule diese herrlichen Brachflächen haben, sollten wir das unbedingt nutzen.«

Er schleppte uns in den Bioraum, versorgte uns mit Eimerchen und Schraubgläsern, packte Pipetten und Reagenzgläser mit Stopfen ein und brachte seine Freude darüber zum Ausdruck, dass Fächer wie Bio an unserer Schule im Stundenblock unterrichtet wurden, sodass wir für unsere Exkursion reichlich Zeit zur Verfügung hatten.

Knolle und Vanessa boten sogleich ihre Dienste an und er drückte ihnen je einen kleinen Kescher in die Hand. Dann ging es los.

Da natürlich niemand Stiefel mithatte und das Gelände bald ziemlich feucht wurde, zogen Hanna, Kati und ich unsere Schuhe aus, verknoteten sie und hängten sie uns um den Hals.

Bei den Tümpeln legten wir alles auf einen Baumstumpf, krempelten die Hosen hoch und wateten vorsichtig an den Wasserrand.

Auf einmal quiekte Kati neben mir entsetzt auf und schrie dann in höchster Panik: »Hilfe, Hilfe, mach es ab, Mila, igitt! Mach es ab!!!«

Ich wusste gar nicht, was los war, aber da sie völlig irre auf einem Bein herumhüpfte und mit dem anderen wild in der Luft ruderte, musste es wirklich etwas Ernstes sein.

»Was ist denn, was hast du denn?«, fragte Hanna erschrocken.

»Da … da … da an meinem Fuß … es frisst mich auf … Oh Gott, wie eklig!!!«

Tatsächlich, an ihrem Fuß klebte etwas schwärzlich Wurmartiges. Sehr befremdlich. Sah wirklich nicht sehr pikant aus. Da ich keine Vorstellung hatte, was sich da aus den Sümpfen erhoben hatte, um Kati anzuknabbern, brüllte ich: »Herr Winter! Schnell! Kati wird von einem Alien aufgefressen!«

»Einem Alien?« Er lachte verwundert und trat völlig unaufgeregt zu uns. Welch schöner Kontrast zu der inzwischen völlig hysterischen Kati.

Sie hatte sich auf Hanna gestützt und stammelte gänzlich von der Rolle: »Mach's weg, bitte, bitte, mach es ab …«

»Da, an ihrem Fuß, da klebt was Schleimiges«, sagte ich.

»Lass mal sehen.«

Piwi beugte sich zu ihrem Fuß hinunter. Dann lachte er. »Ach, das ist doch nur ein Blutegel.«

Er nahm das Biest zwischen Daumen und Zeigefinger und entfernte es mit einem sanften Ruck. »Hat sich tatsächlich schon festgesaugt. Hätte gar nicht erwartet, dass es hier welche gibt. Obwohl ihre natürlichen Vorkommen ja gefördert werden sollen.«

»Wie bitte?« Kati starrte auf den roten Knutschfleck an ihrem Fuß, den der Egel hinterlassen hatte. Sie konnte ja nun gar nichts Positives an Blutegeln finden, das ihre Förderung gerechtfertigt hätte.

»Sag das nicht«, erklärte Piwi. »In der Naturmedizin spielen sie eine wichtige Rolle. Habt ihr noch nie davon gehört, dass man früher häufig Blutegel bei bestimmten Krankheiten angesetzt hat? Heute greift man auf diese Erfahrungen wieder zurück.«

Markus hatte Piwis letzte Worte mitgekriegt und fügte grinsend hinzu: »Da setzt man die Leute in eine ganze Badewanne voller Blutegel. Das muss kitzeln!«

Kati fand das gar nicht witzig und sagte säuerlich:

»Wenn ich mal im Lotto gewinne, spendier ich dir das Vergnügen!«

Alle lachten. Dann verstreuten wir uns wieder um die Tümpel, allerdings vorsichtig darauf bedacht, nicht ebenfalls von einem Egel angefallen zu werden.

Kati hatte ganz aufgegeben und sich zur Pflege ihres angesaugten Fußes auf den Baumstumpf zu unseren Sachen gesetzt.

»Was sollen wir denn jetzt machen?«, fragte ich Piwi.

»Wir nehmen aus jedem Tümpel ein paar Wasserproben. Klebt aber bitte ein Etikett auf das Glas und schreibt drauf, aus welchem Tümpel die Probe stammt und wie die Uferrandbewachsung aussieht.«

Er ging zu einer anderen Gruppe. »Ihr solltet von jeder Algenart ein Exemplar mitnehmen. Wasser und Algen werden wir dann unter dem Mikroskop untersuchen.«

»Hier sind Kaulquappen!!!«, kreischte Vanessa plötzlich laut auf. »Ich hab Kaulquappen gefangen! Ein ganzes Glas voll!«

Sie riss das Glas mit ihrem Fang hoch, hielt es in die Luft und kam sich mal wieder megatoll vor.

Interessant fand ich das aber auch, und darum wollte ich mir die Kaulquappen gerne mal ansehen. Ich watete zu Vanessas Tümpel rüber, trat seitlich an sie heran und griff nach ihrem noch immer hocherhobenen Arm. »Zeig mal«, sagte ich.

»Lass die Hände von meinen Kaulquappen!«, fuhr sie mich sofort an, riss den Arm herunter und versetzte mir gleichzeitig einen kräftigen Stoß mit dem Ellbogen.

Auf eine solche Attacke überhaupt nicht gefasst, verlor ich auf dem durchweichten Boden das

Gleichgewicht und kippte mit einem Entsetzensschrei in das seichte Wasser des Tümpels.

Es war wirklich nur flach, aber immerhin tief genug, um die ganze Vorderseite meines T-Shirts durchzusuppen. Als ich mich mit Hannas Hilfe aufgerappelt hatte, klebte es patschnass an meinem Körper und modellierte prächtig meine primären weiblichen Geschlechtsmerkmale heraus.

Wie peinlich!

»Uiii, Mila! Wie sexy!«, plärrte Knolle auch gleich los und Tobi lief mal wieder rot an wie eine reife Tomate, daran hatte sich trotz seiner Beziehung zu einer Siebtklässlerin nichts geändert.

Markus hielt wenigstens seine Klappe, leckte sich aber genießerisch die Lippen.

Ein frischer Windstoß ließ mich und ganz besonders meine Brustwarzen zittern. Ich schlug schützend die Arme vor die Brust. Oh nein, wie grauenvoll! Wenn die mich weiter so anstarren, gehe ich ins Wasser!, dachte ich.

Inzwischen hatte auch Pit Winter mitgekriegt, dass an unserem Tümpel erneut ungeplante Aufregung das Biotop erschütterte.

Es gehörte nicht viel Kombinationsgabe dazu, mich in meinem triefenden T-Shirt zu sehen und zu erraten, was geschehen war. Seine Frage konnte somit nur rhetorisch gemeint sein. »Bist du in den Tümpel gefallen?«

Müßig, darauf zu antworten.

»Was steht ihr denn hier rum und gafft?«, wandte er sich dann sofort an meine neugierigen Mitschüler. »Geht an eure Arbeit. Ich kümmere mich schon um Mila.«

»Das kann ich Ihnen gerne abnehmen«, sagte Markus respektlos.

Aber als Herr Winter mit fester Stimme »Zischt ab!« sagte, zogen die Spanner widerwillig ab. Nur Hanna blieb, und auch Vanessa, die Verursacherin der feuchten Katastrophe, rührte sich nicht vom Fleck. Das Glas mit den Kaulquappen hielt sie noch immer in der Hand.

»Was hast du da, Vanessa?«, fragte Pit Winter.

»Die Kaulquappen. Soll ich das Glas zuschrauben?«

»Nein. Lass sie wieder frei. Es ist verboten, Kaulquappen aus Teichen und Tümpeln zu entnehmen.«

Vanessa wirkte enttäuscht. »Aber hier sind doch ganz viele. Wenn wir die paar mitnehmen, fällt das doch gar nicht auf. Wir könnten Frösche daraus züchten.«

»Wir beschäftigen uns nicht mit Fröschen«, sagte Pit Winter, »sondern mit Einzellern und Algen. Lass sie frei.«

Dann drehte er sich wieder zu mir, sah mich zitternd und zähneklappernd mit immer noch vor der Brust verschränkten Armen am Tümpelrand stehen und wurde von jähem Mitleid ergriffen. »Ach, du Arme«, sagte er, »du zitterst ja schneller, als du mit den Zähnen klappern kannst.« Und ehe ich mich versah, zog er sein Sweatshirt aus und hielt es mir hin. »Zieh dein nasses T-Shirt aus und nimm das hier«, sagte er dabei. »Ich möchte nicht verantworten, dass du eine tödliche Influenza kriegst.«

Ich starrte ihn total verlegen an und rührte mich nicht. Sein Arm mit dem Sweatshirt hing vor mir in der Luft. Ich konnte es nicht nehmen, denn ich brauchte beide Arme, um meine Brust zu bedecken, und gerade vor ihm wollte ich meine Weiblichkeit nicht so entblößen.

Dieser delikate Umstand wurde ihm dann aber

offenbar auch rasch bewusst. Er drückte Hanna sein Sweatshirt in die Hand, meinte: »Hilf Mila mal beim Umziehen«, und stapfte zu den Jungen an den anderen Tümpel hinüber.

»Aber ... aber ... das geht doch nicht«, stammelte ich noch hinter ihm her, »ich kann doch nicht Ihr Sweatshirt anziehen.«

Aber er drehte sich nur lachend um und sagte: »Ich hab doch noch das Polohemd ... zieh es ruhig an ... Hauptsache, du ersäufst nicht drin!«

Das war ja nun ziemlich doppeldeutig.

Hanna schirmte mich gegen die Blicke der Jungen ab und ich pellte mir das nasse T-Shirt vom Leib. Dann schlüpfte ich in das kuschelige Sweatshirt von Pit Winter.

Natürlich war es mir viel zu weit, aber ich fühlte mich darin wie eine vom Glück verwöhnte Prinzessin. Ein zarter männlich-frischer Duft streichelte meine Sinne und berauscht davon konnte ich nur noch eins denken: Ich habe sein Sweatshirt an, ich trage sein Sweatshirt, Piwi hat mir sein Sweatshirt gegeben!

Keine königliche Robe aus Atlas und Brokat, kein Ballkleid aus Taft und Seide hätten mich glücklicher machen können als dieses schlichte Baumwollteil.

Umgebung und Mitschüler traten vollkommen hinter diese Wahrnehmung zurück, verschwammen irgendwo in der Unbedeutsamkeit. Mir war, als sei ich ganz und gar von einer rosa Wolke eingehüllt, und als mein Blick rein zufällig auf Vanessa fiel, bildete ihr giftgrün angelaufenes Gesicht einen reizvollen modischen Kontrast dazu.

Natürlich verzieh Vanessa mir das nie.

Als ich unserem jungen Referendar zwei Tage

später das frisch gewaschene und gebügelte Sweatshirt wieder mitbrachte, konnte sie vor Neid kaum an sich halten. Wenn ich ihr verraten hätte, dass ich darin sogar eine Nacht geschlafen hatte, wäre sie mir vermutlich auf der Stelle an die Gurgel gegangen. Also behielt ich dieses pikante Detail lieber für mich. Es war auch so jedes Mal ein höchst prickelnder Genuss für mich, ihn in diesem Sweatshirt unterrichten zu sehen.

So entwickelte ich innerhalb kürzester Zeit ein ganz spezielles Verhältnis zu unserem Referendar, der als Piwi bald ständig in meinen Gedanken herumspukte. Durch das »Jugend-forscht«-Projekt sah ich ihn zudem auch außerhalb der regulären Unterrichtszeit, und das hieß, dass ich eigentlich täglich mit ihm zu tun hatte. Häufig lief er mir im Bioraum über den Weg, wenn ich meine Fliegenbrut mit Zuckerlösung fütterte oder auszählte, wie viel Fliegen mit glatten oder gecurlten Flügeln sich in meinen Reagenzgläsern tummelten.

Einmal hatte ich gerade meiner Statistik einige Striche hinzugefügt, als jemand hinter mich trat und sich über meine Schulter beugte. Ich erstarrte, als ich seinen persönlichen Herrenduft schnupperte.

»Das machst du sehr sorgfältig, Mila«, sagte er anerkennend. »Man merkt, dass du dich für Biologie interessierst.«

Eher mehr für junge Referendare, dachte ich, denn so berauschend fand ich die Fliegenzählerei wirklich nicht. Aber was tat frau nicht alles, um dem Typ ihrer Träume nahe zu sein.

Und zu meinem Traumtyp wurde er allmählich tatsächlich, zumindest spukte er seit einigen Nächten völlig ungeplant in meinen Träumen herum.

»Lass ab«, gab Kati mir einen freundschaftlichen Rat, »Lehrer haben in Schülerträumen voll nix verloren!«

Als hätte ich nichts anderes zu tun gehabt, machte Mama mit dem Schaufrisieren Ernst. Sie wollte unbedingt am Kammerwettbewerb teilnehmen. Und weil Tina tatsächlich weggegangen war, blieb ihr nichts anderes übrig, als selbst anzutreten.

Ich sah es mit einiger Skepsis, weil das natürlich Stress hoch drei bedeutete. Das Wettbewerbswochenende konnte ich in den Wind pusten. An irgendwelche interessanten Aktivitäten war da nicht mehr zu denken.

Ich saß am Küchentisch und pellte Eier für einen Eiersalat, als sie hereinfegte, ihre Klamotten auf einen Stuhl warf und sich mit einem lauten Seufzer auf einem anderen niederließ. »Ich muss unbedingt eine neue Friseurin einstellen. Ich schaffe es alleine einfach nicht. Und Karin hat auch noch ausgerechnet Frau Dombrowski die Dauerwelle versaut.«

O-oh! Frau Dombrowski, war die Frau von Herrn Dombrowski und Herr Dombrowski war der Bürgermeister unserer schönen Stadt. Das konnte Kunden kosten.

»Ausgerechnet zur Staatstheaterpremiere!«, seufzte Mama erneut und es klang diesmal abgrundtief. »Ich habe versucht zu retten, was zu retten war, hab die ärgste Krause wieder rausgezogen, aber sie sah trotzdem noch aus wie ein Königspudel.«

Na danke! Ob das je wieder auszubügeln war?

»Nur, wenn ich das Schaufrisieren gewinne«, sagte Mama auf meine Frage. »Und wenn du mein Model spielst.«

»Waaas?« Ich hatte ja wohl nicht richtig gehört.

Wir waren doch übereingekommen, dass Familienangehörige aus solchen Sachen rausgehalten werden sollten.

»Ja, ja, ich weiß! Aber ich muss üben, ich bin völlig raus und ich traue mir kein fremdes Model zu.«

Mir graute. Sie traute sich kein fremdes Model zu! Das hieß, sie wollte mich verschandeln!

»Das kannst du nicht machen!«, wehrte ich mich verzweifelt, aber vergeblich.

»Mach doch keine Zicken. Deine Haare kenne ich. Das ist kein Problem für mich.«

»Aber für mich!«, kreischte ich auf. »Für mich ist es ein Problem, wenn du mir meine Haare vermurkst!«

Nun war sie beleidigt. Sie nahm ihre Sachen und verließ die Küche mit den Worten: »Sehr aufbauend, deine Meinung von mir! Dann lasse ich es eben. Fällt der Sommerurlaub halt aus. Wenn ich keine Kunden habe, kommt auch kein Geld in die Kasse.«

Na prächtig. Das war ja mal wieder voll die Erpressung.

»Das ist eine ganz miese Tour von dir!«, rief ich ihr hinterher.

Dann starrte ich frustriert auf das halb gepellte Ei in meiner Hand. War ich eigentlich blöde, dass ich hier das Hausmütterchen spielte und mich dann auch noch so erpressen lassen musste? Sie konnte sich ihren Eiersalat sonst wohin schieben. Ich schmiss das Ei in die Schüssel zurück, spülte mir die Hände ab und holte mir eine Jacke von der Garderobe. Dann schwang ich mich aufs Fahrrad und fuhr zu Kati.

Ihr Zimmer war mal wieder völlig von Räucherstäbchen zugenebelt. Wie sie es nur aushielt, in diesem Mief zu arbeiten und zu schlafen. Wenn ich hier Aufgaben machen sollte, umgeben von Rosen- und Lavendeldüften, würde ich doch keinen klaren Gedanken fassen können.

Sie goss grünen Tee in kleine indische Teeschälchen und wir ließen uns auf den großen, weichen indischen Sitzkissen nieder. Ihr Zimmer war für mich ein einziges Wunder. Es quoll über vor bunten Tüchern und Stoffen, kleinen kunstvoll geschnitzten Tischchen und Truhen und überall standen Leuchter und esoterischer Schnickschnack. Halt das Zimmer einer Hexe!

Bei mir ging es sehr viel sachlicher zu. Aber das war mir auch ganz lieb. Wichtig war mein Schreibtisch, der viel Stauraum hatte und auf dem genügend Platz für meinen Computer war, den Mama mir endlich geschenkt hatte.

Ansonsten gab es nur noch eine Sitzecke mit einem witzigen modernen Sofa, einem Bananensessel und einer künstliche Palme, auf der mein Affe Bobo turnte. Natürlich war er aus Plüsch, denn lebendige Haustiere waren Mama nicht pflegeleicht genug. Als ich mal eine verirrte Katze angeschleppt hatte, wollte Mama sie am liebsten aus dem Fenster werfen und nur mein bitterliches Weinen hielt sie davon ab.

»Ich hasse diese Viecher«, sagte sie äußerst gereizt. »Sie springen überall rauf und hinterlassen ihre Haare. Ich hab im Geschäft genug mit Haaren zu tun. Ich muss sie nicht auch noch morgens auf der Butter haben!«

Ich schenkte die Katze dann an eine Nachbarin weiter und ab und zu kam sie mich noch besuchen. Eine Erklärung für ihre Katzenphobie lieferte Mama mir später einmal, als sie von einem Kindheitserlebnis erzählte. »Wir hatten nicht viel Geld damals und Oma hatte uns ein ganzes Pfund Gulasch geschenkt. Mir lief schon das Wasser im Mund zusammen. Aber ehe wir es am Sonntag schmoren konnten, hatte es die Katze gefressen! Ein ganzes Pfund Gulasch ... meine Mutter war so wütend und ich war so enttäuscht ... das werde ich nie vergessen!«

Und den Katzen offenbar nie verzeihen.

»Möchtest du etwas essen?«, fragte Kati in meine Gedanken hinein.

Ich schüttelte den Kopf. »Nein, nein. Ich wollte nur ein bisschen Frust bei dir ablassen. Mach dir keine Umstände.«

Sie holte dennoch ein paar leckere asiatische Reiskuchen, und als sie zwischen meinen Zähnen knackten, war ich froh, so eine gute Freundin zu haben.

»Stell dir vor«, lud ich meinen Kummer denn auch gleich ab, »meine Mutter will am Schaufrisieren teilnehmen.«

»Das hat sie doch schon oft gemacht.« Kati konnte darin kein Problem sehen.

»Ja, aber sie hat nicht ausgerechnet mich als Model genommen!«

»Ach du Schreck! Das ist natürlich eine ganz andere Perspektive.«

»Kannst du wohl sagen. Sie wird mir die Haare ruinieren und mich in aller Öffentlichkeit unmöglich machen. Ich kenne doch meine Mutter. Die lässt keine Peinlichkeit aus.«

Kati sah mich verständnislos an. An meinem Verhältnis zu meiner Mutter knabberte sie schon seit Jahren herum. Sie mit ihrer Musterfamilie und ihrer sanften, rehäugigen Hexenmutter konnte nur schwer nachvollziehen, was bei uns so abging. Mitunter hatte sie wohl auch das Gefühl, dass ich ein wenig vernachlässigt wurde, denn sie steckte mir in der großen Pause in letzter Zeit immer ein leckeres Pausenbrot zu. Wirklich solidarisch, oder tat sie es nur, um selbst abzunehmen? Na, egal. Die Pausenbrote ihrer Mutter waren jedenfalls erste Sahne.

»Was soll ich denn nur machen, Kati?«, fragte ich ziemlich unglücklich. »Sie erwartet, dass ich mich für das Geschäft opfere.«

Kati trank Tee und schwieg nachdenklich.

»Ganz verstehe ich dein Problem nicht«, sagte sie schließlich. »Was ist so schlimm an dem Schaufrisieren? Im Grunde ist es doch ganz toll. Du wirst hübsch geschminkt und kriegst eine superschicke Frisur. Ich würde so etwas auch gerne mal mitmachen.«

Sie verblüffte mich. »Bist du da ganz sicher?«

»Klar, warum nicht?«

Ich lachte. »Also, das kannst du haben. Ich brauche nur meine Mutter zu fragen. Die wird sich freuen, wenn sie jemanden mit so schönen langen blonden Haaren frisieren darf. Da kann sie dir richtig was Aufwändiges auf den Kopf zaubern.«

»Dann lass uns doch beide mitmachen«, schlug Kati vor.

Ich war begeistert. Wenn wir es zusammen machten, war es natürlich ganz was anderes, dann war es plötzlich keine lästige Pflicht mehr, sondern Fun.

»Und Hanna muss zuschauen und deine Mutter anfeuern!«

»Bingo!«

»Mama«, verkündete ich gleich bei meiner Heimkehr die frohe Botschaft, »ich habe dir ein Model für das Schaufrisieren besorgt.«

Meine Mutter lag mal wieder auf dem Sofa vor dem Fernseher und sah eine Quizshow. »Ein Model? Besorgt?«

»Ja, Kati ist ganz scharf darauf, von dir gestylt zu werden.«

Mama setzte sich auf. »Kati?«

»Wenn du sie nimmst, mach ich auch mit.«

Das freute sie ja nun sehr. »Du hast inzwischen wirklich nette Freundinnen«, sagte sie.

Ach, das war ja mal schön zu hören.

Schließlich hatte sie sich nie für meine Schulfreundinnen interessiert. Ich glaube, eigentlich konnte sie Kinder ohnehin nicht leiden. Bei mir machte sie nur eine Ausnahme, weil ich in ihren Augen eher ihre Freundin als ihre Tochter war. Wenn sie keinen Freund hatte, war ich der einzige Mensch, mit dem sie alle ihre Alltagsprobleme besprach, und wenn ich als Vorschul- und Grundschulkind zunächst auch nur zugehört hatte, so rutschte ich mit zunehmendem Alter immer mehr in die Rolle einer Ratgeberin hinein. Was mich eigentlich ja nicht störte, aber mitunter doch ein wenig stresste. Vor allem, weil meine Mutter als Ratgeberin für mich eher eine Fehlbesetzung war. Aber dafür hatte ich ja Hanna und Kati. Zwei Freundinnen wie die waren einfach der absolute Glücksfall. Seit ich die beiden kannte, sah ich meinen Zustand als allein erziehende Tochter sehr viel gelassener. Und was meinen Vorsprung an Lebenserfahrung anging, so war der im täglichen Leben manchmal ganz nützlich. Also alles bingo.

Am nächsten Morgen wartete Hanna mit einer Überraschung auf. Da unsere Busse nahezu gleichzeitig ankamen, erwischte ich sie und Kati schon auf dem Altstadtmarkt.

»Ratet, was ich hier habe«, rief sie uns schon von der Haltestelle aus zu und wedelte dabei mit einem Brief in der Luft. »Vom NDR!« Sie konnte die Meldung schließlich nicht mehr unterdrücken. »Eine Einladung zum Casting!«

»Zum Casting?« Ich raffte erst mal gar nichts. »Was für ein Casting?«

»Na, für die Quizshow, diese Lehrer-Schüler-Quizshow. Bei uns in der Region betreut der Norddeutsche Rundfunk das Projekt.«

Langsam dämmerte es mir. »Und was heißt das jetzt genau?«

»Also, wie ich das verstanden habe, laden die jetzt erst mal eine ganze Reihe von Schulteams ein, um zu gucken, welches davon am besten im Fernsehen rüberkommt. Und danach werden dann die Mannschaften ausgewählt, die am Wettbewerb teilnehmen.«

Nun wollten wir natürlich gleich das Einladungsschreiben sehen.

»Ich glaub's nicht«, sagte Kati völlig perplex. »Heißt das, ihr sollt tatsächlich mit eurem Team bei diesem Casting mitmachen?«

Ich musste kichern, weil sie aussah wie ein Braunbär, dem man weismachen wollte, dass er ein Eisbär ist.

»Heißt es, heißt es«, sagte ich lachend. »So unwahrscheinlich es auch klingt!«

»Na, dann war halt Magie im Spiel, Hexentricks und Zauberei!«, sagte Hanna zu Kati. »Tu nur nicht so scheinheilig! Bestimmt hast du heimlich in deinem Kämmerchen einen Quizshow-Zauber gemacht und schon war die Auswahlkommission hin.«

Obwohl wir offiziell unseren Hexenclub aufgelöst hatten, traute auch ich ihr hexenmäßig nicht über den Weg. Ich würde jedenfalls meine Hand nicht dafür ins Feuer legen, dass sie nicht ab und an einen kleinen Fluch, einen Gelegenheitszauber oder einen Hexenspruch benutzte. Schließlich saß sie an der Quelle, denn ihre Mutter hatte ja diesen tollen Esoterikshop und genoss selbst einen gewissen Ruf als »Hexe« in der Stadt. Jedenfalls, wenn man Vanessas Sprüche ernst nahm.

Die Uhr am Altstadtrathaus begann soeben zu schlagen, das hieß, die Pflicht rief.

»Super!«, sagte ich. »Das wird ein Spaß! Lasst uns in der Pause weiter darüber reden. Wenn wir jetzt nicht losdüsen, kommen wir zu spät zur ersten Stunde.«

Das musste ich wirklich nicht haben. Eine Verspätung bei Rumpelstilzchen in Mathe zog unweigerlich neben einem handfesten Tadel auch eine Strafarbeit nach sich.

»Pünktlichkeit ist die Höflichkeit der Könige!«, pflegte er zu sagen und natürlich selbst ständig zu spät zu kommen.

Wir nahmen die Beine in die Hand, aber vergebens. Der letzte Glockenschlag der Uhr war längst verklungen, als wir völlig außer Atem in den Klassenraum stürzten. Natürlich in der Hoffnung, Rumpelstilzchen dort noch nicht anzutreffen.

Aber mit des Geschickes Mächten war mal wieder kein Bund zu flechten. Klein und mies hockte er hinter dem Lehrerpult und sah uns aus seinen stechenden Augen vernichtend an.

»So, so, die drei Damen vom Quasselclub. Habt

ihr euch mal wieder festgequatscht oder hatten gleich drei Busse Verspätung?« Ein schmallippiges Grinsen ließ ihn nun wirklich wie Rumpelstilzchen aussehen, das boshaft ums Feuer tanzte.

Da war höchste Alarmstufe angesagt. Also am besten schuldbewusst den Kopf senken und Asche aufs Haupt streuen.

Ich wollte gerade meinen Blick zum ungeputzten Fußboden lenken, als er mich voll anbratzte. »Mila! Ich warte auf eine Entschuldigung. Du bist doch sonst immer so flink mit der Zunge.«

War ja mal wieder klar, dass er mich auf dem Kieker hatte. Obwohl ich in Mathe ganz gut war, konnte er mich wegen meiner »vorlauten Klappe« überhaupt nicht ausstehen und wahrscheinlich bereitete es ihm unendliche Seelenpein, dass er mir hin und wieder eine Zwei oder gar eine Eins unter einen Test schreiben musste. Entsprechend genoss er darum Situationen, in denen er mich mal so richtig kleinmachen konnte. Ach, Rumpelstilzchen, irgendwann kippe ich dir mal einen ganzen Eimer Wasser in dein Feuer, dann ist Schluss mit Lustig! Wart's nur ab!

Aber jetzt hieß es erst einmal retten, was noch zu retten war. Entschuldigung war angesagt.

»Äh, es tut mir Leid«, druckste ich herum, »soll nicht wieder vorkommen.«

»Soll nicht wieder vorkommen? Und damit denkst du, ist die Sache erledigt, wie?«

Dachte ich tatsächlich. War ja nun auch eigentlich keine große Sache, sich mal knapp fünf Minuten zu verspäten.

Ich sah Rumpelstilzchen mit aller mir zur Verfügung stehenden Freundlichkeit an und antwortete: »Ja, oder spricht was dagegen?«

Im selben Moment traf mich Hannas Ellbogen in die Rippen.

»Spinnst du?« Ich fuhr herum und sah in ihr entsetztes Gesicht. Was hatte ich denn nun schon wieder gemacht?

Auch Kati wirkte etwas blass um die Nase.

»Was habe ich gemacht?«, flüsterte ich. »Sagt mir, was ich gemacht habe? Was habe ich gemacht?«

Ein scharfes Zischen ließ mich herumfahren.

Rumpelstilzchen hatte sich vom Lehrerstuhl hochbequemt und stand nun direkt hinter, oder genauer, als ich mich wieder herumdrehte, direkt vor mir.

»Dagegen spricht«, sagte er mit betont langsam gesetzten Worten, »dagegen spricht, dass du unbelehrbar und keineswegs bußfertig bist.«

Bußfertig? Oje. Also doch Asche aufs Haupt streuen oder auf den Knien dreimal ums Lehrerpult rutschen! Der Gedanke erheiterte mich, was mir völlig unbeabsichtigt ein Lächeln aufs Gesicht gezaubert haben musste.

»Grins nicht auch noch so unverschämt!« Rumpelstilzchen bekam ein paar hektische rote Flecken.

Meine Güte, ich hatte doch nicht über ihn gegrinst. Musste er denn alles gleich auf sich beziehen?

»Ich habe nicht über Sie gegrinst, sondern ...«, versuchte ich den Ansatz einer Erklärung, aber er unterbrach mich sofort.

»Ich debattiere nicht mit dir! Hol dir nach der Stunde deine Sonderaufgabe ab.« Und zu Hanna und Kati sagte er eine Spur milder: »Geht auf eure Plätze. Sollte ich heute irgendeine weitere Störung des Unterrichts durch euch erleben, wird sich auch für euch eine Sonderaufgabe finden lassen.«

Das war aber wirklich gemein! Womit hatte ich nun wieder diese Spezialbehandlung verdient?

Schließlich waren wir alle drei zu spät gekommen. Aber in dem Punkt kniffen meine Freundinnen. Nix war es mit eine für alle, alle für eine. Keine fühlte sich gemüßigt, mal eben für mich Partei zu ergreifen.

Als ich die beiden später darauf ansprach, sagte Hanna nur: »Du glaubst doch nicht, dass das irgendwas gebracht hätte. Das war doch voll Teil seiner Strategie. Du hättest ja auch einfach nur mal den Mund zu halten brauchen. Man muss auch seine Grenzen erkennen können.«

An meine Grenzen bei der Ausarbeitung von Sonderaufgaben dachte natürlich niemand. Als ich die zwei Arbeitsblätter, die Rumpelstilzchen mir als Strafarbeit zugedacht hatte, in der Hand hielt, war mir klar, dass der Tag für mich gelaufen war. Da würde ich mindestens drei bis vier Stunden dran sitzen.

Und es war ein geringer Trost, dass Hanna als Klassensprecherin behauptete, so etwas dürfe Rumpelstilzchen gar nicht machen. Denn als ich vorschlug, dass sie ihm das doch selbst sagen sollte, lehnte sie natürlich ab. »Er ist doch ein hoffnungsloser Fall. Alles, was man gegen ihn sagt, macht es nur noch schlimmer. Das wollen wir doch nicht riskieren, oder?«

Natürlich nicht, denn es würde ja wie immer wieder nur mich treffen!

Wenigstens begegnete ich dann, als ich noch schnell meine Fliegen verköstigen wollte, im Bioraum Pit Winter.

Was meine finstere Stimmung gleich beträchtlich aufhellte. Er gab mir zwei neue Pärchen Fruchtfliegen.

»Dieses hier ist die glattflügelige Variante *drosophila melanogaster* und das ist die mit dem veränderten Gen, das zu gelockten Flügeln führt, *drosophila melanogaster curly*. Du darfst die beiden nicht vermischen, denn wir wollen wissen, ob sie reinerbig sind. Das heißt, ob ihre Nachkommen alle genau wie die Stammeltern aussehen. Also die einen alle glatte und die anderen alle gecurlte Flügel haben.«

Ich träufelte noch etwas Nährlösung in die Reagenzgläser, in denen die Fliegenpärchen saßen, und stellte sie dann in die Reagenzglasständer.

»Frau Kempinski hat mir erzählt, dass es in eurer Klasse einen Elternstammtisch gibt. Meinst du, ich könnte ihn in ihrer Vertretung einmal einladen? Ich würde eure Eltern gerne kennen lernen und es gibt auch ein paar organisatorische Dinge zu besprechen.«

Ich sah von meinen Reagenzgläsern auf. Nein, wie süß, er fragte mich, ob er einen Elternstammtisch machen sollte.

»Klar«, empfahl ich spontan. »Mama sagt, die Elternstammtische sind immer richtig nett. Da haben Sie bestimmt auch Spaß.«

»Na, dann machen wir das doch«, meinte er lachend. »So, und jetzt raus mit dir! Schluss mit der Büffelei und der elenden Stubengelehrsamkeit. Geh heute Nachmittag an die Sonne mit deinen Freundinnen. Bist ein bisschen blass um die Nase.«

Er schloss den Bioraum ab und winkte mir zum Abschied zu, als er in Richtung Lehrerzimmer und ich die Treppe zum Hof hinunterlief.

Mein Gott, war der goldig. Und er mochte mich. Es war völlig klar, das er mich mochte, warum sollte er sonst an meinem Wohlergehen interessiert sein? Ich nahm die letzten drei Stufen mit einem übermütigen Sprung und rannte hinaus in die von Piwi verordnete Sonne.

Die Freude hielt allerdings nicht lange, denn bald zwang mich die Strafarbeit für Rumpelstilzchen an meinen Schreibtisch. Natürlich hätte ich seinen Zorn vorhersehen können, aber wie so häufig in meinem Leben waren wieder die Gäule mit mir durchgegangen. Vielleicht sollte ich mal ein paar Reitstunden nehmen wie Vanessa, um die Viecher in Zaum halten zu lernen. Jedenfalls bei so hoch sensiblen Lehrern wie Rumpelstilzchen. Ach, Piwi war da ja ganz anders gestrickt, bei dem konnte meine spitze Zunge sich so richtig austoben. Der war schlagfertig und auch mal für einen Spaß zu haben. Er war eben einfach schwer in Ordnung.

Mein Handy piepte. Eine SMS von Hanna.

»Was machen wir nun mit der Quizshow? Wie sagen wir es Pit Winter? Wollen wir morgen nach dem Chor noch einen Milchkaffee trinken und es besprechen?«

»Klar!«, ess-em-esste ich zurück. Da mussten wir wirklich taktisch geschickt vorgehen, damit das ganze Unternehmen nicht von vornherein in die Hose ging.

Ich wollte das Handy gerade weglegen und mich wieder der Strafarbeit zuwenden, als mich plötzlich eine verwegene Idee überkam. SMS … was für eine wunderbare Einrichtung, um jemandem mitzuteilen, was man für ihn empfand. Jemanden zu loben, ihm seine Bewunderung auszudrücken oder einfach nur eine Nettigkeit mitzuteilen. Wer weiß, ob Hanna ohne SMS je ihren Branko bekommen hätte! Ich musste nur rauskriegen, wie ich es anstellte, dass der Empfänger den Absender nicht erkannte. Denn was ich versenden wollte, das konnte ich nur anonym machen. Nicht, weil es irgendwie nicht nett war, im Gegenteil, es war eher zu nett! Und weil ich es außerdem nicht an eine Freundin oder einen Kumpel, sondern an einen – Lehrer schicken wollte! An den wundervollen Piwi!

Ich kramte in meiner Schreibtischschublade nach der Bedienungsanleitung für mein Handy. Zwischen Postkarten, Urlaubsfotos, Stiften, Zeitungsausschnitten und Kaugummipäckchen fand ich sie schließlich. Ah, da stand es ja. Ich fummelte mich durch die Anweisungen. Perfekt! Nun musste ich nur noch etwas richtig Cooles schreiben. Einen fetzigen Spruch oder ein Gedicht … Eine große Dichterin war ich ja nicht grade. Überhaupt war ich bei meiner Geburt von den Musen nicht so richtig geküsst worden. Na, wenigstens sah ich einigermaßen anständig aus. Keine schiefe Nase, keine abstehenden Ohren und auch keine krummen Beine. Der Mund etwas zu groß, aber das passte schon! Da machte es nichts, dass ich nicht so furchtbar künstlerisch veranlagt war. Dafür war mein Realitätssinn ziemlich gut ausgeprägt und in den naturwissenschaftlichen Fächern kam ich eigentlich ganz gut zurecht. Piwi lag mir darum zwar mit Deutsch nicht so sehr, aber mit Bio total.

Gut, was würde ich einem Typ, den ich nett fand und der nicht auch noch zufällig mein Lehrer war, schreiben?

Hi, finde dich groovy! Wann trinken wir einen Milchkaffee zusammen? Tja, das ging bei Piwi ja nun nicht. Also Milchkaffee wieder weg. *Hi, finde dich groovy!* Konnte ich ihn eigentlich so einfach duzen? Eher nicht. Also *Hi, finde Sie groovy!*

Klingt ja echt bescheuert. Vielleicht auf englisch, da gibt es ja das Problem mit dem Sie nicht. *Hi, you are groovy! I am your fan! … Love is in the air …* Ach Mila, mach keinen Schrott, mahnte meine innere Stimme. Aber konnte ich was dafür, wenn mir bei dem Gedanken an ihn gleich alle möglichen Lovesongs in den Ohren klangen?!

Handys sind ja so was von geduldig. Also löschen und noch mal. Doch ein Gedicht? Vielleicht so:

Der tollste Lehrer unsrer Schule
ist von allen heiß begehrt,
sitzt auf seinem Schreibtischstuhle
und weiß nicht, wer ihn verehrt.
Ein unbekannter Fan!

Hm. Ich las mir mein lyrisches Meisterstück noch mal kritisch durch. Nee, klang irgendwie nach Schüttelreim – wenn man's las, schüttelte es einen!

Es musste etwas gaaaanz Einmaliges sein, etwas, das so richtig reinknallte. Ihm musste einfach die Spucke wegbleiben. Und er sollte total neugierig werden auf seinen unbekannten Fan. Also auf mich. Er sollte mit der Zeit genauso sehnsüchtig auf meine SMS warten, wie Hanna auf die Meldungen von ihrem heimlichen Verehrer gewartet hatte. Er sollte sich fühlen wie … ja, wie denn? Wie …? Die Rose des kleinen Prinzen! Ja, genau! Ohne meine SMS sollte das Leben für ihn langweilig, grau und trostlos sein. Statt ihn zu begießen, würde ich ihn täglich grüßen. Meine SMS würden für ihn am Morgen den Sonnenaufgang ersetzen und am Abend das Nachtgebet sein. Genau, so sollte es sein!

Wäre ich noch eine Hexe in unserem Hexenclub, dachte ich, und würde ich an diesen Humbug glauben, dann gäbe es sicher andere Wege, um sein Herz zu binden, aber so versuchte ich es lieber mit den Mitteln der modernen Telekommunikation. Was einmal gut war, konnte ja auch ein zweites Mal erfolgreich sein!

Ich löschte das dumme Gedicht, griff nach dem *Kleinen Prinzen* und suchte ein passendes Zitat.

Da gab es so eine Stelle, die mit dem Fuchs, der sich immer auf die Jäger freute … oder … nee … Jäger und freuen passte irgendwie nicht. Ah, da war's, auf den kleinen Prinzen freute er sich, der Fuchs. Auf sein Haar, das wie ein Kornfeld war … ja, und immer zur gleichen Zeit sollte er kommen, der kleine Prinz. Wegen der Vorfreude. So ging es mir tatsächlich auch. Wenn ich wusste, dritte Stunde Bio, dann fing ich in der zweiten Stunde schon an, mich auf Piwi zu freuen, und je näher die Pause kam, umso unruhiger wurde ich, bis mich beim Pausenklingeln zittrige Nervosität ergriff, die erst wich, wenn er die Klasse betreten hatte. Kein Zweifel: Ich war der Fuchs und Piwi war mein Prinz.

»Du hast mich gezähmt«, schrieb ich, *» du bist mein Prinz, jeden Tag warte ich auf dich voll banger Freude. Dein Fuchs.*

Fand ich irgendwie gut. Geheimnisvoll und außerdem poetisch. Als Deutschlehrer würde er das zu schätzen wissen.

Andrerseits – gleich als allererste SMS? Das war doch alles nur geklaut! Vielleicht doch etwas schlichter, dafür aber etwas, das auf meinem eigenen Mist gewachsen war? Biologisch-dynamisch war ja nicht verkehrt bei einem Biolehrer.

Aber ich konnte ihm doch schlecht eine chemische Formel oder eine mathematische Gleichung schicken! Warum eigentlich nicht? Eine Gleichung mit zwei Unbekannten, das war doch gar nicht schlecht. *X + y = Love!* Wenn das nicht cool war. Es drückte mit meinen bescheidenen Möglichkeiten genau das aus, was ich empfand. Ab die Post.

Nächstes Problem: Dazu brauchte ich seine Handynummer. Ich überlegte. Wie kam ich bloß an die? Also erst mal speichern und Hanna anrufen. Vielleicht wusste sie als Klassensprecherin, wie man an Lehrernummern kam.

Sie wusste. »Ich habe sie in die Klassenliste eingetragen. Frau Kempinski hat sie mir gegeben, bevor sie in den Mutterschaftsurlaub ging. Für den Fall der Fälle, hat sie dabei gesagt. Weiß auch nicht, was sie damit meinte. Wozu brauchst du sie denn eigentlich?«

Huch, mit der Frage hatte ich ja nun gar nicht gerechnet. »Ähm, meine Fliegen spielen verrückt, ich muss ihn ganz dringend um Rat fragen.«

Das war doch ein wirklich schöner Grund. Man merkte gar nicht, dass er einer Notlüge entsprang. Hanna natürlich auch nicht.

»Das versteht er sicher«, sagte sie. »Ich gucke gleich nach.«

Wenig später gab sie mir die Nummer durch.

»Danke, tausend Dank, du bist eine echte Freundin!«

Sic klang über diesen Überschwang etwas verwundert beim Abschied. Sie konnte ja nicht wissen, wie glücklich sie mich gemacht hatte. Und ab ging sie – meine erste geheime SMS an Pit Winter, den süßesten Referendar der Welt.

Kapitel 4
Haarige Sachen

Piwi befolgte tatsächlich meinen Rat. Schon am nächsten Tag teilte er uns eine Einladung für unsere Eltern zum Stammtisch aus. Richtig Mühe hatte er sich gegeben, mit Computergrafik und so. Mama würde bestimmt hingehen.

Eigentlich war sie ein geselliger Mensch, und wenn die Arbeit im Salon sie nicht immer so angestrengt hätte, wäre sie sicher gerne öfter mal ausgegangen.

Während der Deutschstunde versuchte ich unauffällig zu erforschen, wie meine SMS bei ihm angekommen war. Aber natürlich ließ er sich nichts anmerken. Es war also auch nicht rauszukriegen, ob er sie irgendwie mit mir in Verbindung brachte. Aber wie sollte er auch. Schließlich war sie ja anonym.

Obwohl ich mir da zunächst gar nicht ganz sicher war. In der Nacht wachte ich nämlich mit dem schrecklichen Gedanken auf, dass meine Nummer womöglich doch mitgesendet worden war. Und ich las mitten in der Nacht noch einmal die Gebrauchsanleitung genau durch und kontrollierte jeden einzelnen Schritt auf meinem Handy. Erst, als ich überzeugt war, dass ich alles richtig gemacht hatte und auch wirklich keine unbeabsichtigten Fehler passiert sein konnten, schlief ich wieder ein. Es wäre zu schrecklich gewesen, wenn Pit Winter mich als den Urheber dieser Liebesbotschaft entschlüsselt hätte.

Da aber seine Reaktionen heute ganz normal waren, schien ja echt alles funktioniert zu haben und meine Sorgen waren überflüssig.

Die nächsten Stunden glitten mehr oder weniger an mir vorbei, denn ich fieberte dem Treffen mit meinen Freundinnen entgegen. Ich fand es inzwischen total aufregend, dass wir zu diesem Quizshow-Casting eingeladen worden waren, und hätte es Piwi am liebsten gleich erzählt.

Beim Chor tuschelten wir natürlich schon ständig darüber, sodass Old MacDonald schließlich genervt seine Klavierbegleitung abbrach und donnerte: »Hanna, Mila und Kati! Ihr könnt gleich vor der Tür weiterquatschen! Dies ist eine freiwillige Veranstaltung, ihr müsst also mich nicht und ich muss euch nicht ertragen, kapiert? Entweder ihr geht von selbst oder ich schmeiße euch raus, wenn ihr nicht die Klappe haltet!«

Wir sahen uns erschüttert an. Mann, war der heute vielleicht nervös. Ehe wir uns noch entschuldigen konnten, schrillte sein Handy. Dabei waren Handys in der Schule doch verboten und hatten während des Unterrichts ausgeschaltet zu sein. Auch die von Lehrern. Aber ihn schien das nicht zu kümmern. Er zog es vor unseren Augen aus der Tasche und nahm ohne jeden Skrupel hinsichtlich der Schulordnung den Anruf an.

»Wie, ja, oh, wirklich, ein Junge? Ja, ja, vielen Dank, ja vielen, vielen Dank … und … und schöne Grüße. Ja … ich liebe sie … sagen Sie ihr, dass ich sie liebe …« Er stand einen Moment völlig versunken da und starrte das Handy in seiner Hand an.

Der ganze Chor sah dem Einpersonenstück fasziniert zu, dass sich gerade vor unseren Augen abspielte.

Sagen Sie ihr, dass ich sie liebe! Meine Güte, was musste dass für eine Liebe sein, die er im Angesicht von dreißig Schülern so kühn beschwor!

Aber ehe ich noch weiter rätseln konnte, stieß Hanna mich in die Seite. »Los, singen. Happy Birthday!«

Ich sah sie verdattert an. »Was? Hat er Geburtstag?«

»Er doch nicht! Sein Baby! Er ist Vater geworden!!!«

»Echt? Du meinst Frau Kempinski hat ihr Baby bekommen?«

»Ja, hast du's denn nicht gehört? Grade hat er es doch erfahren. Ein Junge! Los, wir singen. Eins, zwei, drei ...«

Und lautstark stimmte sie an: »Happy Birthday to you, Happy Birthday to you, Happy Birthday, dear Baby, Happy Birthday to you!«

Natürlich hatten alle mit eingestimmt, und als wir Old MacDonald dann mit »Herzlichen-Glückwunsch«-Rufen umringten, war er total gerührt.

Natürlich wollten wir mehr wissen, aber er konnte auch nur berichten, was ihm die Hebamme auf Wunsch von Frau Kempinski gerade mitgeteilt hatte.

Das Baby hatte vor einer halben Stunde das Licht der Welt erblickt, war ein Junge und wog dreitausendachthundert Gramm.

Diese Infos mussten wir allerdings auch mühsam aus ihm rausquetschen, denn er war wirklich völlig durch den Wind. Meine Güte, dass es Männer so mitnahm, wenn sie Vater wurden!

An Chor war nun natürlich nicht mehr zu denken.

»Wollen Sie nicht ins Krankenhaus fahren?«, schlug Hanna vor. »Einmal können Sie den Chor aus einem solchen Anlass doch ruhig ausfallen lassen.«

»Meinst du wirklich?«, fragte er und sah Hanna dankbar an.

»Aber klar!«, riefen wir alle.

Hanna sammelte von jedem ein bisschen Geld ein und lief noch schnell zum Blumenladen an der Ecke. Sie kam mit einem prachtvollen Strauß zurück, den sie Old MacDonald mit besten Grüßen von uns in die Hand drückte, bevor er in sein Auto stieg und in Richtung Krankenhaus davondüste.

»Wie süß!«, sagte ich amüsiert. »Eigentlich müssten wir drei ja die Taufpaten sein.« Und verschwörerisch sahen wir uns an und freuten uns über unsere gelungene Partnervermittlung.

»Das haben wir wirklich gut hingekriegt!«

Beim Milchkaffee überlegten wir dann, wie wir Piwi und unseren Klassenkameraden die Geschichte mit der Quizshow am besten beibiegen konnten.

»Also, ich bin der Ansicht, dass wir erst einmal Pit Winter davon erzählen sollten. Wenn wir ihn dafür gewinnen können, ist die Sache so gut wie gelaufen. Er kann Markus dann ganz bestimmt überreden.«

Ich stimmte Hanna zu, auch wenn ich mir sicher war, dass es bei Markus keiner großen Überredungskünste bedurfte.

»Aber wie kommen wir an ihn ran?«, fragte ich.

»Wir könnten ihn anrufen und uns mit ihm verabreden.«

»Ja, vielleicht ist er noch in der Schule und kann hierher kommen.«

Das war eine geniale Idee. Und wir hatten tatsächlich Glück.

Hanna erreichte ihn über sein Handy. Er war zwar nicht mehr in der Schule, aber noch in der Stadt, und da Hanna unser Anliegen wirklich dringlich machte, erklärte er sich bereit, im Café vorbeizuschauen.

Wenig später tauchte er auf.

Er sah ein bisschen blass und müde aus. Die Schulstunden mussten ihn ganz schön geschlaucht haben.

Also, eins wusste ich, ich wollte nie Lehrerin werden. Für kein Geld der Welt würde ich mich mit anderer Leute Kindern abplagen.

»Na, was habt ihr drei Grazien denn Dringendes zu besprechen, was nicht bis morgen warten kann?«, fragte er und ließ sich auf den freien Stuhl an unserem Tisch nieder.

»Dürfen wir Ihnen einen Milchkaffee bestellen?« Hanna mimte gekonnt die Dame von Welt. Er nahm sogar dankend an.

Dann ging alles sehr schnell. Hanna redete nicht lange um den Brei herum, sondern legte einfach den Brief mit der Einladung zum Casting vor ihn hin. Natürlich stieg er nicht gleich durch, sodass es doch noch einiger Erklärungen bedurfte, dann kam er aber ziemlich rasch auf den Trichter und war echt begeistert.

»Toll«, sagte er. »Das habt ihr wirklich toll gemacht. Klar nehmen wir daran teil. Selbst wenn wir nicht gewinnen, ist das eine ganz großartige Erfahrung. Und … ich finde es sehr nett von euch, dass ihr so viel Vertrauen zu mir habt.«

Na, das klappte ja besser, als ich erwartet hatte.

»Und Markus?«, fragte ich. »Finden Sie es auch gut, dass wir Markus gemeldet haben? Wenn der nun nicht mit Hanna und mir auftreten will?«

»Ach, der weiß also auch noch nichts von seinem Glück?« Piwi sah mich an.

Ich schüttelte den Kopf und rührte schuldbewusst in meiner Kaffeetasse. »Nee, eigentlich nicht.«

»Na, macht euch deswegen mal keine Sorgen«, munterte er uns aber gleich auf. »Ich werde ihn fragen. So, wie ich Markus kennen gelernt habe, ist der für jedes Abenteuer zu haben.«

Das glaubte ich allerdings auch und so schien die Sache geritzt.

Als wir zum Altstadtmarkt an unsere Bushaltestellen gingen, schwärmten wir in den höchsten Tönen von Pit Winter und kamen zu dem einhelligen Schluss, dass er der ultimativ netteste Lehrer war, den es an unserer Schule gab.

Kaum war ich zu Hause angekommen, schrieb ich ihm darum erst einmal eine SMS. Ich hatte mir inzwischen ein paar Mädchenzeitschriften besorgt und mir daraus ein paar richtig coole Sprüche abgeschrieben. Warum sich das Gehirn zermartern, wenn es andere schon für einen getan hatten. Die richtige Auswahl aus dem Angebot zu treffen war ja immerhin auch eine kreative Leistung. Jedenfalls hatte ich jetzt genügend Stoff, um ihn morgens, mittags und abends mit süßen SMSsen zu verwöhnen.

Gott, war er heute wieder lieb gewesen! Gleich zu uns ins Café zu kommen und dann so locker unseren Kaffee zu trinken! Wie er mich angelächelt hatte und wie seine Müdigkeit und sein Stress plötzlich von ihm abgefallen waren!

Klar, zu Hanna und Kati war er auch freundlich, aber mir, da war ich mir sicher, mir schenkte er eine ganz besondere Aufmerksamkeit. Mila, meldete sich meine innere Stimme, aber ich blockte sofort ab: »Nein, das bilde ich mir wirklich nicht ein! Das kann doch jeder sehen, dass er mich mag.«

Abends war Mama ziemlich groggy und fragte, ob ich nach dem Abendessen Lust auf ein paar Saunagänge hätte. Sie hatte eine Auswahl Salate vom Türken mitgebracht und dazu ein frisches Fladenbrot. Wir zogen damit ins Wohnzimmer vor den Fernseher und schauten beim Essen das Millionenquiz.

Natürlich erzählte ich ihr gleich von unserem Casting, was sie ganz toll fand.

»Ich drücke euch die Daumen. Nett von eurem Lehrer, dass er das mitmacht und keine Angst hat, sich zu blamieren.«

»Blamieren! Pit Winter doch nicht. Das ist ein ganz Kluger!«

»Na, ich werde ihn ja demnächst beim Stammtisch kennen lernen.« Mama goss sich etwas Rotwein ein und ließ es sich schmecken. Sie seufzte. »Nach dem Schaufrisieren muss ich unbedingt eine Ersatzkraft für Tina einstellen. Ich schaffe das nicht mehr alleine.«

Sie sah mich an. »Ach, könntest du übrigens morgen Abend mal mit Kati in den Salon kommen? Ich möchte ein bisschen was mit ihren Haaren ausprobieren.«

Das kam ja mal wieder ziemlich kurzfristig. Also griff ich zum Handy, um Kati schnell zu fragen. Sie hatte glücklicherweise noch nichts vor und so war es verabredet.

Mama freute sich, und als die Sauna angeheizt war, machten wir es uns zum entspannten Schwitzen bequem.

»Mama? War mein Vater eigentlich deine erste Liebe?«

Wir lagen schweißtriefend zum zweiten Gang auf den oberen Bänken und der überraschte Grunzer meiner Mutter ließ meine Frage sogleich völlig unpassend erscheinen. Was mochte sie nun schon wieder von mir denken! Ich rutschte eine Etage tiefer und schaufelte zur Ablenkung zwei Kellen duftenden Aufguss auf die heißen Steine. Zischend nebelte der Dampf uns ein. Mama hustete.

»Erste Liebe?«, sagte sie dann und wälzte sich langsam auf den Bauch. »Nein, meine erste Liebe war dein Vater nicht.«

»Darf man fragen, wer dann der Glückliche war?«

Ich hatte mich aufgesetzt und die Beine angezogen. Mama verharrte weiterhin auf dem Bauch liegend, den Kopf auf die verschränkten Arme gebettet. Ein leiser Seufzer entfuhr ihr. Dann sagte sie träumerisch: »Ich war sechzehn und er war unser Tanzlehrer …«

Lehrer? Hatte sie Lehrer gesagt? Wie überaus interessant.

Sogleich begann ich sie über weitere Einzelheiten auszuquetschen. »Dein Lehrer?«, fragte ich.

»Mein Tanzlehrer. Er leitete unseren Kurs. Wenn ich es recht überlege, war es schon eine ziemlich seltsame Geschichte. Ich habe bis heute nicht verstanden, was er ausgerechnet an mir gefunden hat. Es gab so viele ältere Mädchen in dem Kurs, die auch viel hübscher waren als ich. Aber er wollte immer mit mir vortanzen, und wenn wir nach der Tanzstunde noch in ein Lokal zogen, setzte er sich immer zu mir.«

»Und – hat er dich geküsst?«, drängte ich sie, Intimeres preiszugeben.

»Na klar! Es war auch ganz romantisch. Nach einer Candlelight-Party. Es hat Hunde und Katzen geregnet und da hat er angeboten, drei Leute nach Hause zu fahren. Und wie das Schicksal es so wollte, war ich die Letzte, die er abgesetzt hat.«

Aha, dachte ich, voll der alte Trick.

»Und da ist er gleich im Auto über dich hergefallen?«, schlussfolgerte ich illusionslos.

»Na ja, hergefallen nicht direkt. Er hat gesagt, dass ich ja so süß und unschuldig sei und er ja auch nichts dafür könnte, dass er sich in mich verliebt hätte. Und ob ich ihn denn auch ein bisschen leiden könnte …« Mama schien das Ganze inzwischen etwas peinlich zu werden. »Und das konnte ich natürlich. Und zwar nicht nur gut leiden. Ich war bis über beide Ohren in ihn verknallt.«

Na schön doch. Das Weitere war dann ja wohl transparent.

»Also nicht hergefallen, aber einvernehmlich geküsst. Im Auto an der Ecke vor eurer Straße. Stimmt's?«

Mama hob den Kopf und sah mich aus schweißnassem Gesicht verwundert an. »Ja, genau so war es. Woher weißt du?«

Ich zuckte mit den Schultern. »Eine Eingebung!« Musste ihr ja nicht auf die Nase binden, dass es in den Daily Soaps, die ich gelegentlich sah, auch immer so ablief. Wer weiß, ob es ihr nicht die Erinnerung an dieses einmalige Erlebnis getrübt hätte.

»Und wie ging es weiter mit euch?«, fragte ich

gespannt. Sie berichtete, dass ihr Tanzlehrer sich von nun an öfters heimlich mit ihr traf.

»Warum heimlich?«, wollte ich wissen.

»Er war achtundzwanzig und ich sechzehn. Und ich war seine Schülerin. Sein Chef, der Besitzer der Tanzschule, hatte seinen Lehrkräften jede private Affäre mit Schülerinnen verboten und er wollte seinen Job nicht riskieren.«

Klang ja megaaufregend.

»Und trotzdem hat er sich mit dir getroffen? Dann muss er ja heftig in dich verliebt gewesen sein.«

»Und ich in ihn.« Meine Mutter wälzte sich wieder auf den Rücken. »Ja, es war eine ganz heftige Romanze mit sehr viel Heimlichkeit und ganz viel Herz und Schmerz. Ich werde ihn nie vergessen, aber im Nachhinein bin ich der Ansicht, dass es nicht richtig war! Er hat meine Unerfahrenheit ausgenutzt und er hätte, da muss ich seinem Chef Recht geben, sich als Lehrer nie mit einer Schülerin einlassen dürfen!«

Ich nebelte uns mit einem weiteren Aufguss zu, denn Mama musste nicht unbedingt die Enttäuschung in meinem Gesicht sehen. Angesichts meiner Situation mit Piwi wäre es mir lieber gewesen, sie hätte die letzten Sätze nicht gesagt.

»Und wie ist es dann ausgegangen mit euch?«, fragte ich aber doch.

»Sein Chef hat in einer anderen Stadt eine zweite Tanzschule aufgemacht und hat ihm die Leitung übertragen. Er ist weggezogen und ein halbes Jahr später bekam ich eine Hochzeitsanzeige von ihm. – Und dabei hatten wir uns beim Abschied ewige Liebe und Treue geschworen.«

Arme Mama. Es schien, als sei sie noch immer nicht darüber hinweg.

Ich stand auf. »Mir reicht's, ich geh unter die Dusche.«

Als das eiskalte Wasser der Schwalldusche auf meine Schultern klatsche, wurde mir mit Schrecken die Brisanz meiner Liebe zu Piwi bewusst. Ich wollte ihn ja nicht um seinen Job bringen! Aber ich liebte ihn doch so und wie es schien, hatte auch er etwas für mich übrig. Warum sonst war er wohl so auffallend an mir interessiert? Er hatte doch keinen Anlass, gerade zu mir so nett zu sein und mir mit den Fliegen so viel zu helfen, und er hätte auch bestimmt nicht jedem, der in den Teich gefallen wäre, sein Sweatshirt geliehen. Das war doch mehr als nur einfache Nettigkeit. Zitternd stellte ich die Dusche aus.

Was für eine vertrackte Situation! Welch beunruhigende Parallelen! Konnte Mama nicht eine ganz normale erste Liebe gehabt haben? Mit einem Jungen ihres Alters aus ihrer Klasse oder dem Sportverein? Ob so eine Vorliebe für ältere Typen erblich war? Ich frottierte mich ab und legte mich in meinen Bademantel gewickelt auf einen Futon in unserem kleinen Ruheraum. Hier auf dem mit Futons bedeckten Podest schliefen wir oft zu dritt, wenn meine Freundinnen zu Besuch waren.

Mama kam nun ebenfalls aus der Sauna, duschte und legte sich zu mir.

»Hast du dich verliebt?«, fragte sie aus heiterem Himmel und sehr direkt.

Ich druckste herum. Sollte ich es ihr sagen? Na gut. »Ja, ich befürchte, ja.«

»Befürchtest? Irgendwas nicht in Ordnung mit dem Typ?«

Ach du Schreck. Das Thema jetzt bloß nicht vertiefen.

»Doch, doch, passt schon. Nur … ach, ich weiß nicht, ob er mich auch liebt.«

»Tja«, sagte Mama und sah mich mitfühlend an, »das musst du schon selber rausfinden. Da kann ich dir leider auch nicht helfen.«

Dann angelte sie sich ein Magazin und begann zu lesen.

»Ach, hol uns doch mal einen Orangensaft«, sagte sie nach einer Weile und ich spielte mal wieder das Dienstmädchen.

Die Deutschstunde am nächsten Morgen verlief ziemlich chaotisch. Kaum hatte Pit Winter von der Quizshow und dem Casting erzählt und gesagt, dass Hanna, Markus und ich mit ihm zusammen daran teilnehmen würden, kriegte Vanessa voll den Abraster.

»Wieso Hanna und Mila?«, kreischte sie in die Klasse und beharrte darauf, dass sie viel besser in der Schule sei als wir und darum das Team viel bessere Chancen hätte, wenn sie mitfahren würde.

»Außerdem habe ich Erfahrungen mit dem Fernsehen. Ich habe schon mal in einem Reitfilm mitgespielt.«

Na, sieh einer an. Was ihr das allerdings bei einer Quizshow nützen sollte, war mir dann doch schleierhaft. Ich fand ihr Benehmen nur peinlich.

Piwi offenbar auch, aber während er noch überlegte, was er ihr antworten sollte, schritt Markus schon zur Tat. »Das ist eine Quizshow«, sagte er trocken, »und keine Landwirtschaftsausstellung. Zicken haben da nichts zu suchen.«

Das saß. Sie sprang auf und hätte sich wohl auf Markus gestürzt, wenn Piwi nicht in den Gang zwischen den Schultischen der beiden getreten wäre.

»Macht doch bitte keinen Stress«, sagte er mit einem leicht entnervten Unterton. »Hanna und Mila hatten die Idee, die Bewerbung einzureichen, und darum ist es auch nur gerecht, dass sie fahren, und ich finde das Ganze sehr spannend und mache darum mit.«

Klar, dass Markus auch noch seinen Senf dazugeben musste. »Und wer könnte die Männerwelt der Klasse besser vertreten als ich!«

»Macho!«, riefen einige Mädchen, wurden aber von den Jungen, bei denen Markus sehr beliebt war, niedergepfiffen.

Vanessa war aus dem Spiel, und das ärgerte sie mächtig. Ihr Gesicht war fast so orangerot wie ihr Haar, als sie giftete: »Na, wenn ihr es nicht nötig habt. Ohne mich übersteht ihr sicher nicht mal das Casting!«

Diese Bemerkung fand Piwi aber nun gar nicht gut. »Vanessa, das ist nicht sehr solidarisch. Auch wenn man mal nicht dabei ist, sollte man den anderen die Daumen drücken.«

Och, da kannte er aber Vanessa schlecht. Solidarität war für die doch ein Fremdwort. Die würde eher ein paar Fußangeln auslegen, Schmierseife auskippen oder eine mit Spießen gespickte Fallgrube ausheben, um uns den Weg zum Erfolg noch zu erschweren.

Das sahen Hanna und Kati auch so, als ich mit ihnen in der Pause darüber sprach.

»Die ist ja voll abgegangen«, sagte Kati.

»Ich wette, die ist in Pit Winter verknallt und ist eifersüchtig, weil er mit Mila und mir ins Fernsehstudio fährt.«

Vermutlich hatte sie Recht, aber mir gefiel das ganz und gar nicht, was sie da eben gesagt hatte.

»Wie kommst du denn darauf, dass Vanessa in Piwi verknallt sein könnte?«, fragte ich vorsichtig.

»Na, das sieht doch ein Blinder mit 'nem Krückstock. So wie die sich immer an ihn ranwirft. Hast du noch nie bemerkt, dass sie immer ganz besonders langsam ihre Sachen zusammenräumt, wenn wir die letzte Stunde bei Herrn Winter haben? Und fragt sie ihn nicht ständig nach dem Unterricht irgendwelchen Blödsinn, nur um in seine Nähe zu kommen? Warum putzt die denn wohl neuerdings immer noch die Tafel, wenn alle anderen schon aus der Klasse sind?«

Und auch Kati meinte: »Man müsste ja Tomaten auf den Augen haben, um das nicht zu bemerken. Die würde ihm doch sogar die Aktentasche hinterhertragen, wenn er eine hätte.«

Tatsächlich? Dass Vanessa sich so extrem verhielt, war mir selbst gar nicht so aufgefallen. Das heißt, manchmal schon, weil ich ja auch hin und wieder ein bisschen Piwis Nähe suchte. Da musste ich jetzt aber auf der Hut sein. So kritischen Beobachtern wollte ich nicht auffallen.

»Ich finde es jedenfalls cool, dass Markus auch mitmacht und nicht lange rumgezickt hat«, sagte Hanna. »Hätte ich so ohne weiteres nicht erwartet.«

Da war ich allerdings anderer Meinung. War doch offensichtlich, dass er sich gebauchpinselt fühlte.

Und wie um meine Meinung zu bestätigen, sagte er, als wir in die Pause gingen, ganz beiläufig zu mir: »Danke, dass du an mich gedacht hast. Habe wohl einen unauslöschlichen Eindruck bei dir hinterlassen?« Und dann warf er mir doch tatsächlich eine Kusshand zu. Wie megapeinlich!

»Und ich finde es cool, dass der Direx uns die Genehmigung gegeben hat, nächste Woche zum Casting nach Hannover zu fahren. Immerhin fällt da für uns die Schule aus«, sagte ich, um Hanna vom Thema Markus abzulenken. Wer weiß, wo es sonst wieder hinführen würde. Ich hatte neuerdings irgendwie das dumpfe Gefühl, dass sie mit mir und ihm was plante. Alte Kupplerin!

Sie ging aber gleich auf mein Ablenkungsmanöver ein. »Pit Winter hat gesagt, dass der Direx mächtig stolz war, dass wir uns beworben haben. Und er schickt uns als offizielle Vertreter der Schule.«

»Das wird auf jeden Fall lustiger als Mathetest bei Rumpelstilzchen«, sagte Hanna. Nur Kati war nun doch ein bisschen traurig, dass sie nicht mitfahren konnte. Da war es doch ganz gut, dass Mamas Schaufrisieren sie etwas ablenkte.

Am Abend kam Kati zu Mama in den Frisiersalon. Ich fegte gerade die Haare zusammen, als sie an der Tür auftauchte.

Ich ließ sie herein und Mama stürzte sich sofort auf sie. »Setz dich dahin, Kati«, sagte sie, drückte meine Freundin in einen Frisiersessel und band ihr einen Umhang um.

Sie grabschte nach einer Bürste und striegelte Kati das lange blonde Haar.

»Mila, hol mir doch mal ganz viele Klemmen und Haarnadeln und bring bitte den Frisurenkatalog mit, der an der Kasse liegt. Den, auf dem ›Abendfrisuren‹ steht.«

Ich eilte, um ihr zu Diensten zu sein.

»Hier, schau mal, Kati«, sagte sie, als sie mir den Katalog aus den Fingern gerissen hatte, und blätterte ihn vor Kati auf. »Hier, diese Frisur hatte ich gedacht. Oder diese. Du hast so viele und dicke Haare, da würde das bestimmt toll aussehen.«

Sie raffte mit einer Hand den größten Teil von Katis Haaren auf dem Hinterkopf zusammen und zupfte um das Gesicht herum ein paar dünne lange Strähnen heraus.

»Die werden wir kringeln und hinten flechten wir Zöpfchen und lassen ganz viele Haarenden wie einen Fächer herausstehen. Das ist der letzte Schrei im Moment. Ein bisschen aufwändig, aber effektvoll.«

»Was willst du eigentlich mit mir machen?«, fragte ich beiläufig. Ein bisschen interessierte es mich ja schließlich auch, was sie mit meinem Haar vorhatte.

»Ach, da habe ich noch gar nicht drüber nachgedacht. Lass mich jetzt erst mal Kati frisieren. Du läufst mir ja nicht weg.«

Also räumte ich noch ein bisschen auf, setzte mich dann in einen Frisiersessel und sah zu, wie sie Kati ein absolut phantastisches Haargebilde auf den Kopf zauberte.

»Und jetzt in die Disco!«, sagte ich begeistert. »Kati, du wärst heute der Hit jeder Party!«

Kati dankte Mama, Mama dankte Kati, dann fuhren wir meine Freundin nach Hause.

»Wenn du das am Sonntag so hinkriegst«, sagte ich, »dann hast du schon mal eine Goldmedaille sicher.« Und die, das wusste ich, würde die Blamage mit der Dauerwelle von Frau Dombrowski hundert Prozent wettmachen. Und das hieß, neue Kunden und Geld in der Kasse. Der Sommerurlaub wäre gerettet.

Am nächsten Tag präsentierte uns Piwi eine Karte von Frau Kempinski. Sie bedankte sich für die Blumen und lud Hanna, Kati und mich ein, das Baby zu besichtigen. Auch sie hatte anscheinend nicht vergessen, dass wir und unser Flirtshop zwar nicht gerade der Vater, aber doch irgendwie die Urheber ihres Mutterglücks waren.

Wir überlegten in der kleinen Pause gerade, wann wir Frau Kempinski besuchen sollten, als Piwi zu uns trat und uns anbot, uns mit ins Krankenhaus zu nehmen. »Ich wollte Frau Kempinski heute Nachmittag besuchen. Ich würde nämlich gerne noch ein paar Informationen von ihr zu dem Elternstammtisch heute Abend haben. Wenn ihr wollt, nehme ich euch mit.«

Mein Herz tat einen freudigen Stolperer. Das war ja mal wieder süß von ihm.

Natürlich bemühte ich mich, den Beifahrersitz neben ihm zu ergattern, aber als ich dann dort saß, war ich so verlegen, dass ich die ganze Fahrt über kein Wort rauskriegte, während Hanna und Kati von der Rückbank aus eine höchst lustige Unterhaltung mit ihm über Babys, Heirat oder Nichtheirat und über die Vorteile des Stillens führten.

Als Kati dann noch behauptete, dass Stillen die Brust schöner machte, wäre ich vor Verlegenheit am liebsten aus dem Auto gesprungen.

»Wie könnt ihr so ein peinliches Gespräch mit ihm führen?«, zischte ich die beiden an, als wir auf dem Parkplatz des Krankenhauses aus dem Auto kletterten.

»Wieso peinlich?«, fragte Kati ohne jedes Schuldgefühl. »Das sind doch ganz normale biologische Vorgänge. Der Mann ist Biolehrer. Bist du nicht ein bisschen sehr konservativ?«

Das musste sie nun gerade sagen. Sie hatte ja nicht mal ein Handy oder einen Fernseher zu Hause.

Der Besuch bei Frau Kempinski war dann ganz toll. Wir durften den kleinen Jungen sogar mal halten und sie wollte wissen, was wir von Patrice als Vornamen hielten oder ob der Name zu exotisch klingen würde.

Dann kriegte Hanna es fertig zu fragen, ob wir nicht seine Paten sein und ihm nicht auch einen Vornamen geben könnten.

Frau Kempinski schien davon nicht so begeistert, aber sie lächelte und sagte: »Wenn euch ein schöner Name einfällt, können wir ja noch mal darüber reden.«

Die Sache mit dem Namen war dann gar nicht so einfach.

Piwi war so nett, uns bei Hanna abzusetzen, sodass wir noch rasch ein Namensbuch aus dem Buchladen ihrer Mutter holen konnten. Die Entscheidung machte uns das aber auch nicht gerade leichter.

»Frau Kempinski erwartet, dass wir dem Kleinen einen wirklich schönen Namen geben. Einen, den er gerne tragen wird, der sie und Old MacDonald aber auch immer an den denkwürdigen Tag des Schulfestes, an dem sie sich lieben lernten, erinnern wird.« Ich wusste zwar selbst nicht, wie ein solcher Name aussehen konnte, aber dass er diese Funktionen erfüllen sollte, war mir irgendwie klar.

In der Sache stimmten mir meine Freundinnen zu, aber sie konnten die Flachserei nicht lassen.

»Amor!«, schlug Hanna vor.

»Eros!«, kicherte Kati.

»Warum nicht gleich Ramazotti!«, fauchte ich sie

an, weil ich die Faxen dicke hatte. »Seid doch mal ein bisschen ernst.«

»Wie wäre es mit Pit?«

Ich zuckte zusammen und sah Hanna, die diesen Vorschlag in die Debatte geworfen hatte, scharf an. Ahnte sie etwas von meinen Gefühlen für Pit Winter? Hatte sie mich mit ihrem unnachahmlichen Gespür für psychologische Ausnahmezustände durchschaut? Aber es schien nur ein zufälliger Joke zu sein, der mit mir nichts zu tun hatte. Denn sie blätterte im Buch schon nach einem neuen Vorschlag.

»Pit fände ich ganz nett«, sagte ich darum mutig.

»Pit fändest du nett? Wirklich?« Kati starrte mich an. Das schien sie ja nun völlig abartig zu finden, ein Lehrerbaby nach einem Lehrer zu nennen. »Das ist nicht dein Ernst!«

»Und wieso nicht?«

»Das geht nicht. Pit ist erstens kein Name und zweitens ... ach, das geht eben einfach nicht.«

Nun sah sie mich durchdringend an und ich verfluchte meinen Leichtsinn, den Namen noch mal in die Debatte geworfen zu haben.

»Liegt dir da vielleicht speziell wegen Pit Winter was dran?«

»Äh ... Pit Winter ... äh ... heißt der auch Pit ...?«, stotterte ich wie ertappt. Und weil ich sicherlich rot wurde, lachten meine Freundinnen mich doch tatsächlich aus.

»Heißt der Pit?! Mila, du willst doch nicht Vanessa Konkurrenz machen? Du bist doch nicht etwa in den verknallt? Schäm dich, böses Mädchen!«

Sie feixten erneut.

»Lass ab davon«, empfahl Hanna. »Ich habe dir schon mal gesagt, mach dich nicht unglücklich.

Zwischen Lehrern und Schülern läuft nichts. Das hat keine Perspektive.«

Ach, was sie nicht alles wusste. Mama hatte schließlich auch mit ihrem Tanzlehrer eine wunderbare Romanze gehabt, was beweist, dass Ausnahmen immer wieder die Regel bestätigten.

Wir konnten uns natürlich nicht mehr auf einen Namen einigen, was es Frau Kempinski ersparte, uns zu Paten ihres unschuldigen Kindleins zu machen, und weil ja am Abend der Stammtisch war, verabschiedete ich mich bald, um Mama im Geschäft noch ein wenig zur Hand zu gehen.

Unterwegs holte ich ihr ein belegtes Baguettebrötchen, worüber sie sich sehr freute. Sie trank den letzten Kaffee aus der Thermoskanne dazu und legte ein paar Minuten die Beine hoch.

»Eigentlich bin ich ja viel zu müde, um noch zu diesem Elternabend zu gehen«, sagte sie und so schlaff, wie sie im Frisiersessel hing, nahm ich ihr das auch ab.

»Aber du musst hingehen«, ermunterte ich sie dennoch. »Du musst unbedingt Pit Winter kennen lernen. Er ist ein ganz toller Typ.«

»Na, wenn ich muss, dann muss ich wohl«, sagte sie lächelnd, stopfte den letzten Rest des Brötchens in den Mund und stand auf.

Sie drückte mir einen flüchtigen Kuss auf die Wange und sagte zum Abschied: »Schließ den Laden gut ab, wenn du gehst. Ich komme auch bald. Es wird sicher nicht allzu lange dauern.«

Es dauerte ewig.

Als sie um zehn noch nicht da war, machte ich den Fernseher aus und ging ins Bett. Dort blätterte ich noch in ein paar Zeitschriften. Um elf fielen mir fast die Augen zu und Mama war immer noch nicht da. Ich schlief ein und wachte um zwölf beim Schlage der Kirchturmuhr wieder auf. Das Flurlicht, das ich angelassen hatte, brannte noch immer. Hatte Mama vergessen, es bei ihrer Rückkehr auszumachen? Ich tigerte in die Küche und inspizierte im Vorbeigehen die Garderobe. Nee, ihr Mantel hing nicht dort, das hieß, Mama war immer noch nicht da. Ich nahm mir ein Glas Wasser und ging zurück in mein kleines Schlafzimmer. Das war aber ein außerordentlich langer Elternabend! Ihr war doch wohl nichts passiert? Ein wenig besorgt war ich nun doch. Aber vielleicht hatte sie ja in dem Lokal, wo der Stammtisch stattfand, ein paar Bekannte getroffen und hatte nach dem Ende noch ein wenig bei denen abgehangen. Mit diesem einleuchtenden und beruhigenden Gedanken schlummerte ich wieder ein.

Als ich das nächste Mal aufwachte, war es fast zwei Uhr. Mama rumorte in der Küche. Dann ging das Licht im Flur aus und ich hörte sie die Treppe zu ihrem Schlafzimmer hinaufsteigen. Sie summte leise vor sich hin, was bei ihr äußerst selten vorkam, aber stets Ausdruck eines positiv gesteigerten Lebensgefühls war.

Na, da war ich ja mal gespannt, was sie am nächsten Tag zu erzählen hatte.

Allerdings kriegte ich sie zunächst gar nicht zu Gesicht. Ich hatte erst gegen Morgen in den Tiefschlaf gefunden und den Wecker überhört. Ich hätte verschlafen, wenn ich nicht in meinem Unterbewusstsein die Schläge der Kirchturmuhr registriert hätte. Sieben! Das Signal aufzustehen. Zwar leistete ich noch etwas Widerstand, aber dann siegte das Pflichtbewusstsein und ich sprang aus dem Bett. In rasender Eile zog ich mich an, raffte meinen Schulkram zusammen und stürzte ohne Frühstück aus dem Haus. Kati würde mir schon ein leckeres Brot mitbringen.

Ich erwischte den Bus so grade noch und warf mich atemlos auf einen freien Sitzplatz.

Dann erst fiel mir wieder ein, wie spät Mama nach Hause gekommen war. Und mit was für einer guten Laune.

Nun war ich doch wirklich gespannt, was da gestern abgegangen war.

Offenbar nichts. Jedenfalls nichts, was mit dem Stammtisch zu tun hatte. Denn Hannas und Katis Eltern waren ganz normal um elf Uhr nach Hause gekommen.

Wo zum Teufel hatte sich meine Mutter mal wieder herumgetrieben? Na ja, bestimmt war sie mit Bekannten oder irgendwelchen Kundinnen zusammen gewesen.

Auch Piwi sah an diesem Morgen, als er unsere Klasse betrat, nicht gerade frisch aus.

»Na, bisschen langen Abend gehabt?« Ich konnte es nicht lassen, ihn zu necken.

Er nahm es mir nicht übel und lachte.

»Tja, ganz schön diskussions- und trinkfreudige Eltern, die ihr da habt. Sehr sympathisch. Jedenfalls, was den harten Kern angeht.«

Wie es so aussah, schien ihm der Abend gefallen zu haben, und ich war mir sicher, dass auch meine Mutter zu diesem sympathischen harten Kern dazugehört hatte.

»Er ist wirklich nett«, sagte sie, als ich sie am Abend zu ihrem Eindruck von Pit Winter befragte.

»Er müsste sich nur mal die Haare anständig schneiden lassen.«

Ich lachte. Dass sie aber auch immer ans Geschäft denken musste!

Am Sonntag stieg dann der Kammerwettbewerb der Friseurinnung. Mama hatte am Samstag auch an mir noch ein paar Kunststücke ausprobiert und ich war eigentlich ganz optimistisch. Natürlich waren Kati und ich dann doch ziemlich aufgeregt, als wir in der Stadthalle den großen Saal betraten.

Zirka zwanzig Frisierplätze waren auf einem Podest aufgebaut. Das Publikum saß in einigem Abstand dazu, konnte aber auch um das Podest herum gehen und aus der Nähe einen Blick auf die Friseure und Models werfen.

Die Jury ging oben auf dem Podest von Platz zu Platz, begutachtete die handwerkliche Ausführung und vergab am Ende jedes Durchganges Punkte.

Ich musste natürlich zuerst ran.

»Dich kenne ich besser«, sagte Mama, »da bin ich nicht so nervös.«

»Aber du brauchst doch nicht nervös zu sein«, versuchte ich sie aufzumuntern. Doch als ich sah, wie ihre Hände zitterten, hielt ich lieber den Mund. Was sie jetzt am meisten brauchte, waren Konzentration und innere Ruhe. Da war es besser, sie gar nicht mehr anzusprechen.

Wir waren mit frisch gewaschenen Haaren gekommen, sodass das Frisieren gleich losgehen konnte.

»Ich bin zu lange raus«, flüsterte Mama, als ihr gleich am Anfang ein Schälchen mit Haarnadeln zu Boden fiel.

»Quatsch. Du machst das jeden Tag. Vergiss einfach, dass es ein Wettbewerb ist, dann klappt es schon.«

Aus den Lautsprechern kam leise Hintergrundmusik und ein Conférencier ging nun von Frisiertisch zu Frisiertisch und stellte die einzelnen Teilnehmer vor. Der Teilnehmer, bei dem er gerade stand, wurde ganz groß auf die Saalleinwand projiziert. Mit seinem Model. Nein, wie peinlich.

Dann ging alles ziemlich schnell. Mama fand zu ihrer gewohnten Routine. Sie nahm die Haare zusammen und teilte auf dem Oberkopf einige Vordersträhnen ab, dann klippte sie einen Teil der Haare fest und begann viele kleine Zöpfchen zu flechten und in irrer Geschwindigkeit Dreads zu drehen. Die fertigen Zöpfchen und Dreads steckte sie mit Unmengen von Haarnadeln auf dem Hinterkopf fest. Schließlich legte sie einige der Vordersträhnen nach hinten und zog sie irgendwie durch die Zöpfchen hindurch, dass sie wie ein fransiger Puschel aus dem Zöpfchen- und Dread-Knäuel herausstanden. Mit einem Lockenstab curlte sie zwei ganz dünne Vordersträhnen, die mein Gesicht anschließend asymmetrisch umrahmten. Dann legte sie mit schnellen, geübten Handgriffen noch das Make-up auf.

Je länger ich ihr zusah, umso sicherer wurde ich, dass sie einen der ersten Preise abräumen würde.

Auch bei Kati gelang ihr eine wirklich bezaubernde Hochfrisur und Katis Wangen glühten vor Begeisterung so sehr, dass sie überhaupt kein Rouge brauchte.

Zum Abschluss des Wettbewerbs mussten sich alle Models noch einmal einzeln auf dem Podest vorstellen und ihr Kopf wurde von allen Seiten aufgenommen und riesengroß auf die Saalleinwand projiziert. Das war mir ja ein bisschen unangenehm, aber ich konnte so wenigstens auch mal sehen, wie ich von hinten aussah. Atemberaubend, was Mama da kreiert hatte.

Und dann ging der Medaillensegen auf uns nieder. Gold, Gold und nochmals Gold. Für beide Frisuren, für Schnelligkeit und handwerkliche Ausführung und natürlich auch für das glamouröse Make-up.

Mama war aus dem Häuschen und Kati und ich nicht minder. Wir nahmen kaum noch wahr, was um uns herum geschah, deswegen fielen wir alle drei förmlich aus sämtlichen Wolken, als plötzlich eine nicht ganz unbekannte männliche Stimme sagte: »Meinen Glückwunsch! Sie haben aber auch zwei zauberhafte Models! Die allein sind schon Gold wert.«

Wir fuhren herum. Hinter uns stand mit seinem jungenhaften Lächeln – Pit Winter.

Mama lachte. »Sie trauen sich hierher? Mit diesem Haarschnitt, den Sie da auf dem Kopf haben?«

Ich starrte sie an. Das war ja nun doch ein bisschen zu respektlos. Es war egal, worum es ging, Eltern schafften es immer wieder, einen zu blamieren! Was würde Piwi nun bloß von mir denken?

Kapitel 5
Liebe, Quiz und Show

Zwei Tage später kam Mama wieder ziemlich spät nach Hause.

»Rate mal, wem ich heute die Haare geschnitten habe«, sagte sie gut gelaunt, als sie sich zu mir vor den Fernseher setzte. »Was läuft denn grade?«

»Millionenquiz. Wer von diesen Schauspielern hat nie einen Oskar gekriegt: Cary Grant, Richard Burton, Peter O'Toole oder Charlton Heston?«

»Peter O'Toole. Er war immer sauer darüber, dass Richard Burton einen gekriegt hat und er nicht.«

»Wem hast du denn nun die Haare geschnitten? Frau Dombrowski? Ist sie nach deinem Medaillensegen wieder reumütig vor deinen Spiegel zurückgekehrt?«

Mama schüttelte den Kopf und kicherte wie ein Schulmädchen. »Falsch, ganz falsch!«

»Na, sag schon.« Ich hatte keine Lust mehr, über so eine belanglose Frage herumzurätseln. Das Fernsehquiz war viel spannender.

»Eurem Referendar. Pit Winter.«

»Waaas? Ist der tatsächlich gekommen, obwohl du ihn so angemacht hast?« Der hatte ja Nerven.

»*Weil* ich ihn so angemacht habe! Und das war auch gut so. Jetzt kann er sich wenigstens morgen mit euch für eure Quizshow casten lassen, ohne sich und das gesamte Friseurhandwerk bloßzustellen.«

Na, da war ich mir ja nicht so sicher. Wer weiß, was Mama mit seinem Kopf angestellt hatte.

Aber es passte schon.

Als wir uns morgens vor der Schule trafen, war Hanna über sein neues Aussehen total begeistert. Selbst Markus pfiff anerkennend durch die Zähne. Und auch ich musste zugeben, dass Mama das gut gemacht hatte.

Er jedenfalls fühlte sich sichtlich wohl und wir starteten in bester Laune.

Das Casting fand in einem Studio in Hannover statt. Die Fahrt in Piwis Auto war schon sehr lustig. Ich hatte mich natürlich wieder nach vorne neben den Fahrer gepflanzt, mir aber fest vorgenommen, diesmal was daraus zu machen und nicht wieder wie ein gesalzener Stockfisch vor Ehrfurcht zu erstarren.

Allerdings kicherten und gackerten Hanna und Markus so laut auf den hinteren Plätzen, dass an ein echtes Gespräch gar nicht zu denken war.

»Müssen wir da wohl schon Fragen beantworten?«, versuchte ich es dennoch.

»Keine Ahnung. Ich habe so etwas noch nie mitgemacht. Aber so ein bisschen eine ähnliche Situation wie in der Sendung werden wir wohl schon vorfinden. Die wollen ja sicher sehen, wie wir uns in etwa im Ernstfall verhalten würden.«

»Okay, dann lasst uns mal eine Trainingsrunde machen«, rief Hanna, die das Gespräch mit angehört hatte. »Ich habe eine Zeitschrift mit Trainingsfragen für *Wer wird Millionär* dabei.«

»Ob uns das was nützt? Ich denke, da ist doch sicher schulisches Wissen gefragt.«

»Ach, ein bisschen Allgemeinbildung kann nicht schaden.«

»Sollten wir nicht lieber mal überlegen, wo jeder von uns seine Stärken hat? Dann kann immer der die Fragen beantworten, der in dem Thema fit ist«, schlug Markus vor. Gar nicht so dumm.

Wir diskutierten eine Weile und verteilten dann die Zuständigkeiten. Dabei hatte ich in Bio mit Piwi und in Mathe mit Markus eine Überschneidung.

»Da stimmen wir uns dann im Einzelfall ab«, schlug Piwi vor.

»Ich verstehe auch einiges von Tierhaltung«, sagte Markus. »Wir bewirtschaften einen ziemlich großen Hof.«

»Ach!« Das fand Piwi richtig interessant. »Könnten wir denn da nicht unseren Klassenausflug zu euch machen? Wo wir doch gerade das Thema Haustiere in Bio haben, wäre das eine schöne praktische Ergänzung unseres Unterrichts.«

»Das lässt sich sicher einrichten«, stimmte Markus sofort zu. »Ich werde meinen Vater fragen. Wann soll es denn sein?«

Piwi diskutierte mit ihm ein paar mögliche Termine und ich ärgerte mich, dass wir keinen Bauernhof hatten, den er besuchen konnte. Sondern nur einen blöden, für Biologen völlig unergiebigen Frisiersalon. Na ja, immerhin hatte meine Mama Piwi die Haare geschnitten. War ja auch schon was!

In der großen Halle, in der sich das Studio befand, warteten schon mehr als hundert andere Schüler mit ihren Lehrern. Angesichts dieses Gewimmels sank meine Zuversicht doch ein bisschen. Warum sollten die gerade uns auswählen? So speziell waren wir ja nun auch nicht.

»Wollen die alle zum Casting?«, fragte ich Hanna, nur um überhaupt etwas zu sagen.

»Nehm ich mal an. Warum sollten sie sonst hier sein?«

Ein Typ mit Megaphon, der sich als Assistent der Aufnahmeleitung vorstellte und Harry hieß, begrüßte uns und erklärte kurz den Ablauf des Castings. Tatsächlich hatten sie vor, uns richtig in Aktion zu filmen, allerdings nur jede Gruppe knapp zehn Minuten.

»Und dafür haben wir die lange Anreise gemacht?«, empörte sich jemand hinter mir.

Wir mussten uns nun alle registrieren lassen und dann wurden Pläne ausgehängt, auf denen stand, welche Schule wann dran war.

»Ihr könnt in der Zwischenzeit in die Cafeteria gehen, dort stehen Brötchen und Getränke. Vor jedem Casting ergeht noch mal ein Aufruf zum Dreh, den hört ihr auch in der Cafeteria. Es werden immer zwei Gruppen zusammen aufgerufen. Weil in der Show immer zwei Mannschaften gegeneinander antreten werden.«

»Also müssen wir doch schon richtig eine Runde spielen«, sagte ich resigniert zu Pit Winter. »Dazu fühle ich mich gar nicht in der Lage.«

Piwi sah mich erstaunt an. »Ach, das wundert mich aber. Von Mila Schnauze hätte ich ein forscheres Auftreten erwartet.«

Mila Schnauze! War ja erstaunlich, was er so von mir dachte. Nur weil ich manchmal ein bisschen schnell mit meinem Mundwerk war, musste ich doch nicht gleich alles megacool nehmen. Ich war sehr wohl sensibel und für Empfindungen wie Angst, Zweifel und Nervosität empfänglich. So ein dickes Fell wie Markus hatte ich jedenfalls nicht. Mila Schnauze!? Frechheit! Ich quetschte mich in die Schlange, die bei den Brötchen anstand, um erst mal meine Verlegenheit vor Piwi zu verbergen. Markus stellte sich direkt hinter mich. Er war bestens gelaunt und begann gleich mit einem Smalltalk. Mit Brötchen und Coke versorgt hockten wir schließlich an einem Tisch am Fenster und harrten der Dinge, die da kommen würden. Hanna hatte ihren kleinen Brockhaus dabei und löcherte uns mit Fragen. Aber da es etwas ablenkte, trugen wir ihre Hyperaktivität mit Fassung.

Dann war es so weit. Wir wurden mit einer Gruppe aus Hildesheim zusammen aufgerufen. Als ich das Team zum Studio tigern sah, sank mein Mut vollends. Die hatten alle das gleiche orangefarbene T-Shirt an und die gleichen Skaterhosen und der Lehrer trug einen orangefarbenen Schlips. Auf Schlips und T-Shirt stand fett das Logo der Schule. Sah aus, als handelte es sich um einen Teil ihres Basketballteams oder so ähnlich. Jedenfalls wirkte es so, als wenn die vier zu einer Sportveranstaltung wollten und ihren Coach mitgebracht hätten. Fehlten nur noch ein paar Cheerleaders.

»Haben wir auch solche Schulklamotten?«, fragte ich Markus, weil ich wusste, dass er in einer Schulmannschaft mitspielte. Basketball oder so, ganz sicher war ich nicht.

»Klar, haben wir, aber damit willst du doch nicht bei der Quizshow auflaufen?«

»Wer weiß. Vielleicht mögen die so was hier beim Fernsehen.«

So auffällig wie ihre Klamotten waren, so auffällig verhielten sich die Typen aus Hildesheim auch. Sie kicherten laut und tuschelten hinter vorgehaltener Hand mit vielsagenden Blicken auf uns. Ich kam mir potthässlich, tödlich langweilig gekleidet und völlig fehl am Platze vor. Gegen die kamen wir doch nie an, die strahlten ja aus allen Knopflöchern Frohsinn aus. Piwi, unser blasser, überarbeiteter Referendar, hatte nicht mal einen Schlips um. Und die Tatsache, dass er das Sweatshirt trug, in dem ich eine Nacht geschlafen hatte, konnte mich unter diesen Umständen auch nicht aufheitern.

Als die Gruppen, die vor uns gecastet worden waren, herauskamen, stürzten die Hildesheimer gleich mit Gejohle ins Studio. Wir schlichen ziemlich belämmert hinterher.

Während das andere Team sich gleich wie zu Hause zu fühlen schien, war für mich die Studioatmosphäre total neu und beeindruckend. Ein Haufen Kameras stand herum und die ganze Decke war ein einziges Gewimmel von Scheinwerfern und Mikrofonen. Im Hintergrund des Studios hinter einer großen Glasscheibe konnte man drei Leute erkennen, die offenbar am Mischpult arbeiteten.

Ein Aufnahmeleiter kam auf uns zu und dirigierte uns in die Dekoration und auf unsere Plätze.

Alles war poppig bunt und jede Mannschaft hatte ein eigenes Spieldeck, auf dem vier Monitore standen. Vor jedem Monitor befand sich ein dicker roter Buzzer. Den sollte der Spieler drücken, der die Frage beantworten wollte. Man sah gleich die Anlehnung an das Bühnenbild der Quizshows für Erwachsene. Aber alles war ein bisschen bunter und weniger chromglänzend. Die schrillen Hildesheimer knallten in dieser ohnehin ziemlich farbigen Dekoration voll rein.

Einer der Kameramänner, an denen ich vorbeiging, schien das gar nicht so toll zu finden, denn er murmelte etwas davon, dass das Orange kaum auszusteuern sei und verlangte nach einem Filter.

Wir setzten uns an unsere Plätze und ein Regieassistent erklärte, dass wir uns bitte ganz natürlich verhalten sollten. Kunststück, bei dem ganzen Drumherum.

»Eine Assistentin wird jetzt abwechselnd jedem Team Fragen stellen, die bitte jeweils ein Mitglied beantwortet. Wir möchten von jedem Mannschaftsmitglied eine Sprechprobe und eine Filmprobe haben. Also halten Sie sich bitte daran. Jeder nur eine Antwort. Anhand des Materials machen wir uns dann ein Bild von der Mannschaft und teilen Ihnen in den nächsten Wochen mit, ob Sie bei einer Sendung dabei sein werden. Viel Glück.«

Er übergab sein Mikro an die Assistentin.

Der Aufnahmeleiter rief: »Ton?«

Jemand antwortete: »Läuft.«

»Kamera?«

»Kamera läuft«

»Klappe.«

Irgendwer knallte laut mit einer Filmklappe.

Der Aufnahmeleiter rief: »Bitte!«, und die Assistentin begann.

Sie sülzte ein bisschen herum und fragte dann die Hildesheimer, woher sie denn kämen. Na, klar, die Antwort lag nicht nur auf der Hand, sondern stand auch auf den Sweatshirts: aus Hildesheim.

Dann fragte sie uns, und nachdem auch wir uns herkunftsmäßig geoutet hatten, spielte sie sofort den Hildesheimern eine Frage zu.

Der beschlipste Lehrer griff sie auf und gab sie an einen pickeligen Schüler mit dem Namen Daniel weiter. Offenbar hatten die sich genauso wie wir abgesprochen und jedes Teammitglied beantwortete die Fragen aus seinem Spezialgebiet. Natürlich musste der Typ nicht lange nachdenken, um die richtige Antwort zu geben.

Dann kam die erste Frage an uns.

»Auf welchem Längengrad liegt Greenwich?«

Das war Geografie, also mein Gebiet. Piwi, Hanna und Markus sahen mich an. Und nicht nur sie, auch zwei riesige fahrbare Kameras, hinter denen zwei mit Kopfhörern bestückte Kameraleute saßen. Und über mir fuchtelte jemand mit einer Mikrofonangel herum. Wie sollte ich unter diesen Umständen überhaupt einen klaren Gedanken fassen?

»Los, antworte!«, zischte Hanna mich an.

In meinem Kopf musste sich eine Dunkelwolke ausgebreitet und jedes Lichtlein der Erkenntnis erstickt haben.

Greenwich! Lag das überhaupt irgendwo? Und was war noch mal ein Längengrad. Ich starrte hilflos zu den Hildesheimern hinüber. Die fetten Logos auf ihren knalligen Sweatshirts verschwammen vor meinen Augen, sodass es aussah, als wenn ihre Köpfe aus einem bunten Babybrei herausschauten.

Ich musste kichern und nicht nur kichern, ich musste richtig lachen, und zwar so heftig und ausdauernd, dass ich dachte, nie mehr aufhören zu können. Es war völlig klar, dass sich meine ganze aufgestaute Anspannung in diesem Gelächter ein Ventil gesucht hatte. Natürlich mal wieder völlig zur Unzeit und am falschen Platz. Für mich war das Casting damit wohl gelaufen und mein Team hatte ich mit in den Abgrund gezerrt. Ich wäre am liebsten aus dem Studio gelaufen.

»Mir ist gar nicht aufgefallen, dass die Frage so lustig war?«, sagte die Assistentin, doch sie lächelte freundlich.

»Wer aus dem Team ist denn so nett und gibt mir die Antwort? Mila fällt ja im Augenblick wohl aus.«

Markus drückte seinen Buzzer.

»Ja, bitte Markus. Auf welchem Längengrad liegt Greenwich?«

»Auf dem nullten.«

»Das ist richtig, Markus!«, jubelte die Assistentin und stellte die nächste Frage an die Hildesheimer.

Uff, das war ja noch mal gut gegangen.

Es ging nun ein paar mal hin und her und ich hatte Glück, dass keines meiner Gebiete drankam und ich mich erst einmal wieder ein bisschen sammeln konnte.

Als dann eine mathematische Frage kam, lächelte Piwi mir lieb und aufmunternd zu.

»Was beschreibt die Zahl Pi?«

Markus wirkte fürchterlich wissend, aber er hatte ja schon geantwortet und Hanna und Piwi auch. Ich drückte den Buzzer.

Erwartungsvoll sah mich die Assistentin an. »Na, Mila? Die Frage ist nicht ganz so lustig. Wirst du sie ohne Lachanfall beantworten können?«

Himmel, musste sie denn unbedingt diesen peinlichen Zwischenfall noch mal erwähnen?

Die Hildesheimer schauten arrogant und siegesgewiss.

»Tja«, sagte ich, »eigentlich ist Pi als Zahl schon ganz lustig. Denn wenn man Pi mit Pi multipliziert kommt Pipi raus.«

War ich denn völlig durchgeknallt? Was laberte ich denn da schon wieder. Hanna und Markus sahen mich entgeistert an, nur Piwi grinste.

Die Assistentin lachte. »Du bist ja wirklich ein komisches Talent, Mila!«, sagte sie. »Wenn du jetzt noch die richtige Antwort weißt, kriegst du von mir zehn Bonuspunkte als witzigste Teilnehmerin.«

Ich hatte mich wohl verhört. Die zog mich doch auf. Aber egal, ich musste jetzt antworten. Pi, was beschreibt die Zahl Pi? Markus malte mit dem Zeigefinger imaginäre Kringel auf seinen Platz und Hanna formte mit ihrem Mund ein O. Beides sagte mir irgendwie nichts.

»Denk an Frau Kempinski«, sagte Piwi plötzlich in die gebannte Stille. »Wo hat sie ihr Baby gekriegt?«

Ihr Baby? Im Krankenhaus? Im Kreißsaal! Kreis … Pi hatte was mit einem Kreis zu tun … genau … jetzt fiel es mir wieder ein.

»Pi ist die Zahl, die angibt, wie viel mal so groß der Kreisumfang im Vergleich zum Durchmesser ist. Pi entspricht 3,331.«

»Ja, genau! Das ist richtig, Mila!«

Die Assistentin schien sich wirklich zu freuen und wir hatten es geschafft.

Als ich total benebelt hinter Piwi, Hanna und Markus aus der Dekoration wankte, war es mir völlig egal, ob wir das Casting geschafft hatten oder nicht, ich wollte nur raus aus dem Studio, weg von diesem Ort meiner Blamage. Dabei hatte ich es mir so schön vorgestellt, mit Piwi an einer Quizshow teilzunehmen. Aber der Realität des Showbiz hatten meine Nerven offenbar nicht standgehalten.

Als wir dann wieder im Auto saßen und die Heimfahrt antraten, hing ich schuldbewusst und schweigend in meinem Sitz.

»Was ist denn mit dir los, Mila?«, sprach Piwi mich schließlich direkt an. »Du bist ja so still? Hast wohl deinen ganzen Charme beim Casting versprüht! Bist ja total gut angekommen. Wenn wir genommen werden, haben wir das bestimmt nur deinen Show-Einlagen zu verdanken!«

Wie bitte? Ich hörte wohl nicht recht? Show-Einlagen? Ich, gut angekommen? Ja, waren denn die auf der gleichen Party gewesen wie ich? Ich hatte mich doch total danebenbenommen und unsterblich blamiert!

Aber auch Markus lachte und sagte anerkennend: »Ganz schön witzig und clever dazu! Den Hildesheimern hast du jedenfalls total die Schau gestohlen.«

Ich wusste zwar nicht, wieso und womit, aber wenn sie zufrieden waren, dann sollte es mir auch egal sein. Ich lehnte mich entspannt in den Sitz zurück und wunderte mich nur noch ein kleines bisschen über die unterschiedlichen Bewertungsmaßstäbe der Menschen.

Natürlich mussten wir Kati alles haarklein erzählen. Da auch Hanna das Ganze irgendwie viel positiver wahrgenommen hatte als ich, überließ ich ihr das Berichten und begnügte mich damit, ab und zu mal ein paar Ergänzungen anzubringen.

Als die Sprache auf Markus kam, kicherten die beiden natürlich gleich wieder los und wollten mir unbedingt eine Beziehung mit ihm andichten. Im Vergleich zu früher hatte er sich zwar direkt zivilisiert benommen, aber den Kussüberfall auf Brankos Fete verzieh ich ihm noch immer nicht. Außerdem befiehl mich in seiner Nähe ständig eine unerklärliche Unruhe und ein Fluchtreflex, wenn er mich ansah. Nein, den Typ musste ich mir irgendwie vom Hals schaffen.

»Könnten wir ihn nicht mit Vanessa verkuppeln?«, fragte ich meine Freundinnen. »Sein Vater hat Pferde und Vanessa reitet. Die beiden sind doch gradezu füreinander bestimmt!«

Das fand Kati auch und sie bot an, gleich einen

Liebeszauber zu machen. Aber nach allem, was wir mit ihren Hexentricks schon erlebt hatten, lehnten Hanna und ich einstimmig ab.

Es musste doch noch einen anderen Weg geben, die beiden zusammenzubringen.

Kati war skeptisch. »Okay, versucht es, wenn ihr meint, ihr kriegt es ohne Zauber hin. Aber ich sage euch, das wird ein hartes Stück Arbeit. Markus kann Vanessa schließlich überhaupt nicht ausstehen.«

»Aber sie ist doch schon immer hinter ihm her. Sie macht ihn seit der siebten Klasse ständig an.«

»Kein Wunder, dass er von ihr die Schnauze voll hat.«

Hanna seufzte. »Ich glaube, dass er eigentlich in Mila verliebt ist und sich durch keinen Trick der Welt und durch keine Hexerei mit Vanessa einlassen wird.«

»Du spinnst!«, brauste ich auf. »Warum sollte er ausgerechnet in mich verliebt sein? Mich macht er doch jetzt nur an, weil er alle anderen Mädchen aus der Klasse schon durchhat.«

Dem konnten meine Freundinnen zwar nur teilweise zustimmen und Hanna meinte, dass ich ein ziemlich schwaches Selbstbild hätte, wenn ich das wirklich glauben würde, aber schließlich gaben sie ihre Bemühungen auf, mir Markus aufzuschwätzen, und ich verzichtete auf weitere Maßnahmen, um ihn mit Vanessa zu verkuppeln. Vielleicht konnte man ihm das wirklich nicht antun.

Als ich abends nach Hause kam, schickte ich Piwi erst mal eine liebe SMS. Es war zu einer schönen Gewohnheit geworden.

Mama war noch nicht da und so konnte ich in

aller Ruhe einen kleinen Snack für mich zubereiten und mich vor den Fernseher pflanzen, um die Quizshow zu sehen. Das war ja nun sozusagen schulisch legitimiert. Denn schließlich musste ich so viel Wissen wie möglich in mich hineinstopfen, falls wir wider Erwarten doch zu dem Quiz-Wettbewerb eingeladen würden. Viel Hoffnung machte ich mir zwar nicht, aber eine gute Ausrede für meinen etwas überzogenen Fernsehkonsum war es allemal.

Gerade lief die Werbeunterbrechung und das Telefon klingelte.

Es war Mama, die mir mitteilte, dass sie erst spät heimkommen würde. »Brauchst für mich kein Essen machen, ich esse unterwegs eine Kleinigkeit.«

Auch gut. Hatte ich den Abend für mich. Aber was fing ich damit an? Die Quizshow war zu Ende und das andere Fernsehprogramm interessierte mich nicht.

Ich ging in mein Zimmer, schob eine CD ein und machte es mir auf meinem Popsofa bequem.

Dann nahm ich mir eine von den Mädchenzeitschriften aus der Lesemappe, die Mama für den Salon abonniert hatte, und blätterte sie durch. Boys, Boys, Boys und nichts als Boys.

Jungen für dich ausspioniert. Der Megaliebesleitfaden.

Sex, Gefühle, tolle Typen. Seine Geheimnisse und Träume.

Traumboy oder Niete? Teste deinen Freund …

Als ob Mädchen nichts anderes im Sinn hätten als Jungen. Und dann noch solche unreifen Milchbubis.

Von denen törnte mich ja nun wirklich keiner an. Da sah Markus ja besser aus. Von Pit Winter gar nicht zu reden. Der war ja auch kein Junge mehr, sondern ein richtiger Mann.

Ich schlug mein Liebeshoroskop für diesen Monat auf. *Mars verleiht dir ungeheures Temperament. Aber Vorsicht! Nicht gleich übertreiben, sonst sind Streit und Stress vorprogrammiert. Gegen Ende des Monats bescheint die Sonne dein Sternbild und lässt Leben und Liebe in rosigem Licht erscheinen.*

Hm. Wenn diese Sonne Piwi hieß, sollte es mir recht sein.

Mein Blick fiel auf einen Test. *Teste »seinen« Liebes-IQ. Versteht dein Boyfriend etwas von der Liebe?*

Höchst interessant. Mal sehen, wodurch sich ein hoher Liebes-IQ auszeichnet. Hm, wen nahm ich denn mal als Testperson? Piwi? Von dem wusste ich eigentlich nicht genug. Markus? Klar, hatten meine Freundinnen nicht behauptet, dass er in mich verknallt sei? Dann wollte ich doch gleich mal überprüfen, was er als Liebhaber draufhatte. So, wie er sich aufführte, war er sicher der Ansicht, dass er diesbezüglich hochbegabt war, aber ich würde in wenigen Minuten wissen, wie es wirklich um seine Talente stand. Am besten machte ich einen Vergleichstest: Markus gegen Piwi.

Ich kicherte und las die erste Frage unter der Überschrift *Zärtlichkeit,* die ich mit *immer*, *manchmal* oder *nie* beantworten sollte.

Ich fühle mich gut, wenn er mich berührt.

Was Markus betraf, war das ja wohl klar: nie!

Bei Piwi hingegen … Als wir uns neulich gemeinsam meine Reagenzgläser angesehen hatten, hatte er mich unabsichtlich mit seiner Schulter berührt. Wie ein wohliger Schauer hatte es mich durchrieselt. Ich wette, dachte ich, wenn der mich mal in den Arm nehmen würde, zum Beispiel auf einem Schulball, wäre es das schönste Gefühl auf der Welt. Ich beschloss eine Liste anzulegen, holte mir einen Zettel vom Schreibtisch und schrieb auf: Frage 1 – Markus: nie, Piwi: immer.

Die nächste Frage.

Bei ihm fühle ich mich sicher.

Na, da war die Antwort ja wohl genauso eindeutig. Wenn ich mich bei einem Jungen überhaupt nicht sicher fühlte, dann war es Markus. Schon dieses dunkle Brodeln in seinen Augen, wenn er mich ansah, beunruhigte mich dermaßen, dass ich mich am liebsten zu meinen Freundinnen flüchtete.

Bei Piwi hingegen würde ich mich bestimmt sicher fühlen. Seine blauen Augen waren ehrlich und offen.

Also Frage 2 – Markus: nie , Piwi: immer.

Weiter ging es.

Er riecht so gut – und erst die netten Boxer-Shorts!

Hä? Jetzt kam ich aber nicht mehr ganz mit. Den ersten Teil konnte ich ja noch beantworten, aber was war mit den Boxer-Shorts gemeint? Weder Markus noch Piwi hatte ich je in Unterhosen erlebt. Ob die überhaupt Boxer-Shorts trugen?

Bei Markus ließ sich das ja noch rauskriegen, wenn ich beim Sportunterricht in den Umkleideraum der Jungen spitzte!

Aber Piwi? Wer machte sich denn schon Gedanken darüber, was Referendare für Unterhosen trugen?! Saublöde Frage.

Ich beschloss nur den ersten Teil zu beantworten. Eigentlich rochen beide gut. Piwi eher frisch nach Meerwasser, Markus herb nach Country-Style. Also unentschieden.

Mein Spaß ist ihm genauso wichtig wie seiner.

Na, da hatte Markus aber ganz schlechte Karten. Wenn ich an seine Kussattacken dachte, so war völlig klar, dass er nur an sein Vergnügen gedacht hatte.

Piwi hingegen machte den Eindruck, dass er alles, was er tat, mit dem Gedanken tat, uns das Leben und Lernen erfreulich zu gestalten. Ich konnte wetten, in der Liebe würde er genauso sein.

Also – Piwi: immer, Markus: nie.

Er nimmt auf meine Gefühle Rücksicht.

Völlig klar, auch diese Runde ging an Piwi. Wann hätte Markus sich je darum gekümmert, welche Gefühle ein Mädchen hatte? Wenn er Rücksicht nehmen würde, hätte er längst aufgehört, mich mit seinen blöden Anmachsprüchen zu belästigen, dachte ich.

Piwi hingegen merkte sofort, wenn ich nicht gut drauf war, und dann sprach er mir Mut zu.

Wenn dich jemand angreift, verteidigt er dich.

Bei Piwi war die Sache klar, gegen Vanessa hatte er mich mehr als einmal in Schutz genommen. Auch Markus schnitt diesmal nicht ganz schlecht ab, auch er hatte mich schon gegen Vanessa verteidigt. Obwohl ich mir bei ihm nicht sicher war, ob das nicht Teil einer Strategie war, uns gegeneinander auszuspielen.

Ich überflog meinen Zettel. Eigentlich konnte ich den Test beenden. So, wie es aussah, hatte Markus keine Chance mehr, Piwi einzuholen.

Ich schaute mir seine Auswertung an: *Purer Egoist oder Zärtlichkeitsamateur, der seine wahren Gefühle hinter besonders forschem Auftreten verbirgt. Liebes-IQ unter 100.*

Tja, mein lieber Markus, dachte ich, da musst du

wohl noch ein bisschen üben – aber nicht bei mir. Nimm dir ein Beispiel an Pit Winter: *Ein echter Profi. Er geht auf dich ein und weiß, was Frauen wünschen. Liebes-IQ 130 und höher.*

Na bitte, hochbegabt! Hatte ich doch gleich gespürt, als er da so unverhofft in unsere Klasse schneite. Milas Herz irrt eben nicht.

Ich schlug das Heft zu und schloss die Augen, um ein paar träumerischen Gedanken nachzuhängen. Ach, wäre das schön, wenn wir doch zu dieser Quizshow eingeladen würden, dachte ich. Vielleicht fuhr er uns wieder mit seinem Auto hin und nach der Show könnten wir ein bisschen feiern und dann würde er mich als Letzte absetzen. Und wenn ich in der Show ganz toll war, würde er es mir sagen und vielleicht seinen Arm um mich legen und mir genau wie Mamas Tanzlehrer gestehen, dass er sich in mich verliebt hätte.

»Mila!« Meine innere Anstandsdame wirkte pikiert. »Lass ab von solchen unsinnigen Gedanken«, grantelte sie. »Gegen ein bisschen Schwärmerei von deiner Seite ist ja nichts einzuwenden, aber bleib auf dem Teppich. Es gibt überhaupt keinen Grund, warum er deine Gefühle teilen sollte. Du bist nichts weiter als seine Schülerin.«

»Das ist nicht wahr!«, empörte ich mich. »Ich spüre doch, dass er mich mehr mag als andere!«

»Mehr als wen denn zum Beispiel?«

»Na, zum Beispiel als Vanessa!«

»Dazu gehört nicht viel! Daraus abzuleiten, dass er dich liebt, ist schon ein bisschen verwegen. Wenn's nach dem Grad der Abneigung für Vanessa ginge, dann wäre Markus ja bis über beide Ohren in dich verknallt!«

Ich seufzte. So wenig es mir auch gefiel – ich

musste meiner virtuellen Gouvernante Recht geben. Es gab wirklich keine überzeugenden Anzeichen, dass Piwi mich liebte oder meine Liebe je erwidern würde.

Ich gehe ins Kloster, dachte ich, da gibt es keine Männer und darum auch keine Probleme mit ihnen.

Als hätte ich nicht schon genug Schwierigkeiten mit dem anderen Geschlecht, musste Mama mir auch noch am Freitagabend eröffnen, dass sie die Absicht hatte, am Wochenende einen Freund mitzubringen.

Ich hatte schon seit einiger Zeit so einen gewissen Verdacht. Schließlich kam sie abends oft erst spät nach Hause und wirkte dann meist außerordentlich aufgekratzt. Vielleicht hatte sie eine alte Liebe neu belebt. Das sollte mich bei ihr nicht wundern.

Ich gönnte ihr das ja durchaus, aber mich sollte sie dabei bitte aus dem Spiel lassen. Ich hatte in meiner gegenwärtigen depressiven Stimmung überhaupt kein Interesse daran, ein Wochenende lang ihr turtelndes Glück zu ertragen.

Also rief ich Hanna an und fragte, ob ich am Wochenende bei ihr übernachten könnte.

»Gibt's einen besonderen Grund?«, fragte sie.

»Ach, Mama bringt einen Freund mit und da fühle ich mich immer ein bisschen überflüssig … irgendwie, als wenn ich störe.«

Dafür hatte Hanna allerdings gar kein Verständnis. »Aber wieso denn?«, sagte sie. »Du solltest wirklich allmählich mal selbst einen Freund haben. Dann würdest du das etwas lockerer sehen.«

Würde ich? Da war ich mir nun gar nicht so sicher. Aber von Mama kriegte ich ständig dasselbe zu hören, als wenn sich mit einem Freund für mich alle Probleme mit einem Knall in Luft auflösen würden. Total das ultimative Krisenmanagement: Verlieb dich und die Welt ist in Ordnung! Dabei wusste ich aus eigener Anschauung nur zu gut, dass das ganz und gar nicht so war. Im Gegenteil, meine Welt geriet dadurch bisher nur in chaotische Unordnung. Weshalb ich mir ja auch in Bezug auf Jungen bisher eine gewisse Zurückhaltung auferlegt hatte. Ich glaubte zwar inzwischen nicht mehr daran, dass Mama jemals einen ihrer Freunde heiraten würde – ein Gedanke, der mich, als ich noch kleiner war, regelmäßig in Panik versetzte – aber selbst, wenn so ein Typ nur vorübergehend bei uns einzog, würde das doch nur Stress bedeuten. Jedenfalls hatte mir bisher keiner so gut gefallen, dass ich mir vorstellen konnte, Wohnzimmersofa und Fernseher mit ihm zu teilen. Von meiner Küche und der Sauna gar nicht zu reden!

Der Gedanke, dass ein fremder Typ sich mit Mama in unserem Haus tummelte, machte mich inzwischen sogar total eifersüchtig. Ich wollte einfach nicht, dass so ein Typ so nah bei ihr … und auch bei mir war. Nähe zu einem Menschen ist etwas ganz Spezielles und Mamas Freunde waren meist sehr wenig speziell.

»Also, ich revanchiere mich auch mal mit einem Sit-in zu dritt bei mir, wenn Mama zur Messe fährt«, versuchte ich Hannas Zustimmung herauszulocken.

»Ach, das brauchst du nicht«, wehrte sie lachend ab. »Ist doch klar, dass ich dich nicht hängen lasse. Aber meinst du nicht auch, du würdest das ganz anders sehen, wenn du selbst mal verliebt wärst?«

»Ich bin verliebt …«

Ach du Schreck, was hatte ich getan? Wie konnte mir das denn nur herausrutschen! Das hätte mir nie und nimmer passieren dürfen. Jetzt hatte ich ja voll die Gerüchtelawine losgetreten.

Ich dachte noch, vielleicht hat sie es ja nicht mitgekriegt, als Hanna auch schon entzückt aufschrie: »Wirklich? Ist ja nicht wahr! Das ist ja phantastisch! Wer ist denn der Glückliche?«

»Das – das erzähle ich dir morgen …«, stotterte ich. »Wa-wann … soll ich denn kommen?«

»Je eher, umso besser! Weiß Kati es schon?«

»Nein, nein, sie weiß es noch nicht …« Wie sollte sie auch.

»Dann muss sie morgen unbedingt auch kommen. Sagen wir um zwei, gleich nach dem Mittagessen.«

Ich bedankte mich für die Einladung und steckte das Handy an sein Aufladegerät. Mir graute vor dem morgigen Tag.

Was zum Teufel sollte ich meinen Freundinnen bloß sagen? Wo kriegte ich bis morgen Nachmittag einen passablen Freund her? Denn eins war sicher, meine heimliche Liebe zu Pit Winter würde ich vor ihnen nicht enthüllen.

Das Ganze war dann doch nicht so tragisch, wie ich befürchtet hatte. Hanna und Kati machten am Samstagnachmittag zwar gleich ein Liebesquiz mit mir und versuchten mich nach allen Regeln der Kunst auszuquetschen, an wen ich mein Herz verloren hatte, aber ich konnte sie überzeugen, dass das junge Pflänzchen meiner Liebe noch zu zart war, als dass man es schon dem Lichte der Öffentlichkeit aussetzen durfte.

»Aber wir sind doch nicht die Öffentlichkeit«,

murrte Hanna, die ihre Neugier einfach nicht zügeln konnte.

Kati zeigte mehr Verständnis. »Wenn Mila es doch nicht sagen will! Das müssen wir respektieren.«

»Aber versprich, dass du es uns zuerst erzählst, wenn wirklich was draus wird.«

Wenn … Ich seufzte und versprach es.

Wenigstens lenkten die Ereignisse der nächsten Tage die beiden davon ab nachzubohren.

Am Montag kam Pit Winter freudestrahlend in die Klasse und verkündete, dass wir wider mein Erwarten für den Quiz-Wettbewerb ausgesucht worden waren. Wir sollten sogar mit den orangefarbenen Hildesheimern zusammen die Eröffnungssendung machen. Pit Winter, Markus und Hanna waren superstolz und der Ansicht, dass wir total gut abgeschnitten hatten. Ich allerdings dachte im Stillen, dass sie uns wohl nur genommen hatten, weil sie auch ein paar Leute brauchten, die sich lächerlich genug machten, um das Publikum zum Lachen zu bringen.

Wie auch immer – wir waren drin und nun hieß es Pauken. Da die Eröffnungssendung schon in zwei Wochen aufgezeichnet werden sollte, verabredeten wir, dass wir uns jeden Tag mindestens ein bis zwei Stunden zum Wissenstraining trafen. In der Schule, im Café oder bei Piwi zu Hause.

Beim ersten Mal war mir ganz anders, als ich mit Hanna bei ihm klingelte. Gott sei Dank war Markus schon da. Er hatte eine halbe Stunde Fahrt mit dem Zug bis nach Hause und war deswegen lieber in der Stadt geblieben und Pit Winter hatte ihn gleich mit zu sich geschleppt.

Ich war noch nie bei einem Lehrer oder einer Lehrerin in der Wohnung gewesen, deswegen fand ich es schon ziemlich aufregend. Noch spannender war es natürlich, weil ich an Pit Winters Lebensumständen ein ganz spezielles Interesse hatte.

Seine Wohnung befand sich in einem Altbau im Westlichen Ringgebiet, das gerade saniert werden sollte, und war erstaunlich klein. Ein Flur, Küche und zwei Zimmer. Eins davon war Wohn- und Arbeitszimmer in einem. Eine Wand war ganz mit Regalen zugestellt, die bis zur Decke mit Büchern, Zeitschriften und Akten voll gestopft waren. Am Fenster stand ein großer alter Eichenschreibtisch, ebenfalls mit Büchern und Akten überhäuft. Ein altes Sofa und zwei nicht viel neuere Sessel strahlten Gemütlichkeit, aber auch eine gewisse Atmosphäre von Schäbigkeit und Verfall aus. Das einzige Moderne war der Computer, der zwischen den Büchern und Akten auf dem Schreibtisch stand.

Ich holte tief Luft. Das Zimmer eines Denkers. Das wollte erst mal verdaut werden. Mit den Zimmern der Jungen, die ich kannte, zum Beispiel dem von Hannas Bruder Martin, hatte es nicht die mindeste Ähnlichkeit. Keine Hightech-Spielereien, keine Starposter und keine Pin-up-Girls an den Wänden. Keine verrückten Dekorationen aus der Partyszene und keine Ansammlung von freakigen CD-Ständern.

Zum ersten Mal wurde mir geradezu sinnlich erfahrbar, wie viel älter Piwi war als wir. Hier in diesem Zimmer konnte ich die dreizehn Jahre Lebenserfahrung, die er mir voraushatte, förmlich greifen. Sie steckten in jedem Buch, das er gelesen, jedem Aktenordner, den er angelegt, jedem Fotoalbum, in das er Bilder geklebt hatte. Und wie es schien, hatte er viel gelesen, geordnet und eingeklebt. Ich fühlte mich erschlagen und sank wortlos auf das Sofa nieder.

»Eine schöne Wohnung ...«, stotterte ich, als er mich unvermittelt fragte, ob es mir bei ihm gefiele, »... beeindruckend. Haben Sie die Bücher alle gelesen?«

Als er die Frage bejahte, grenzte es für mich nahezu an ein Wunder. Für unsere Quizshow berechtigte das allerdings zu den schönsten Hoffnungen. Ein belesener Mensch war in der Regel auch ein kluger Mensch.

Aber auch wir wurden durch unsere Trainingstreffen allmählich schlauer. War der erste Besuch bei Piwi noch etwas befremdlich, so taute ich mit der Zeit auf und an einem der letzten Treffen vor der Show wagte ich es sogar, ein paar Bücher aus seinem Regal zu nehmen und anzuschauen.

Ich betrachtete gerade einen Bildband über die Entwicklung des Menschen, als er zu mir trat. »Interessierst du dich für die Evolution?«, fragte er. »Wenn du möchtest, leihe ich dir das Buch gerne aus.«

»Au ja, ich finde es sehr spannend. Darf ich es mal haben?«

Natürlich hätte ich mich auch für das Liebesleben der Gänseblümchen interessiert, um in den Besitz eines Buches von ihm zu kommen. Glücklich steckte ich den Band in meinen Rucksack.

Und dann war es so weit.

Ein ganzer Tag war für die Aufzeichnung eingeplant und unser Grüppchen war schon am Tag vorher angereist, diesmal nach Hamburg. Der Fernsehsender bezahlte das Hotel und alle anderen entstehenden Kosten. Ich schlief in einem Zimmer mit Hanna und Piwi teilte seines mit Markus. Wir hörten sie noch spät am Abend laut lachen. Was die sich wohl Lustiges zu erzählen hatten?

Am Morgen gab es ein leckeres Frühstücksbuffet und dann wurden wir von einem Wagen des NDR abgeholt.

Im Studio trafen wir auf die Hildesheimer, die diesmal nicht in orangefarbenen Sweatshirts, sondern in weißen Hemden oder Blusen und blauen Blazern mit Schulwappen aufliefen.

»Kommen die eigentlich von einer Privatschule?«, fragte ich Piwi. Eine normale Schule hatte doch nicht solche Klamotten. Schließlich gab es an Staatsschulen keine Schuluniform.

Pit Winter zuckte die Schultern. »Keine Ahnung.« Es schien ihm ziemlich egal zu sein. Er trug immer noch keinen Schlips und wir hatten auch nur unsere normale Alltagskleidung an. Mich freute es, dass er schon wieder das Sweatshirt trug, das er mir geliehen hatte, als ich in den Tümpel gefallen war. Das war sicherlich ein gutes Omen.

Die Dekoration im Studio war so ähnlich wie beim Casting, allerdings noch poppiger und aufwändiger. Jetzt lernten wir auch den richtigen Quiz-Master kennen.

»Nein!«, keuchte Hanna, als er hereinkam. »Das ist ja Oliver Pleißen!«

»Wer?«, fragten Markus und Piwi gleichzeitig.

»Oliver Pleißen. Er moderiert die Talkshow ›Gesteh mir deine Liebe‹!«

War ja eigentlich klar, dass Männer sich so etwas eher nicht ansahen. Aber Hanna und ich hatten die Sendung schon oft geguckt und fanden ihn natürlich total süß.

»Ob wir ihn nachher um ein Autogramm bitten können?«, überlegte Hanna.

»Nur, wenn wir uns nicht vorher unsterblich blamieren.«

Jedes Schulteam wurde von einer Assistentin betreut und die achtete schon im Vorfeld darauf, dass sich unsere Nervosität legte. In der Maske wurden wir ein bisschen geschminkt, damit wir im grellen Scheinwerferlicht nicht zu blass aussahen, was vor allem für Piwi gut war, und in der Garderobe bekamen wir blaue und die Hildesheimer rote Sweatshirts verpasst.

»Die Jeans könnt ihr anbehalten, man sieht eh nur eure Oberkörper«, sagte die Garderobiere.

Piwi durfte sein Sweatshirt anbehalten und der Hildesheimer Lehrer seinen Schlips.

Dann nahmen wir hinter unseren Monitoren und Buzzern Platz. Die Hildesheimer links und wir rechts vom Quiz-Master.

Zwar fand ich es immer noch unglaublich und faszinierend, in einer Fernsehshow aufzutreten und vor allem auch noch zusammen mit Oliver Pleißen, aber so nervös wie beim Casting war ich längst nicht mehr. Jetzt zählte nur noch Wissen, und wenn die Fragen nicht total daneben waren, rechnete ich uns nach der ganzen Paukerei gute Chancen aus. Schließlich hatten wir alle Minister, Ministerpräsidenten und Parteichefs auswendig gelernt, uns mit den europäischen Nachbarn, Genforschung und mit Computertechnik auseinander gesetzt, uns das Bruttosozialprodukt der Entwicklungsländer und die Anzahl der Chromosomen auf einem DNS-Strang gemerkt. Wir konnten das Grundgesetz auswendig hersagen und die Zehn Gebote. Wir wussten, dass im Buch Genesis die Schöpfungsgeschichte stand und dass der Hund Laika das erste Lebewesen im Weltall gewesen war. Der Untergang der Dinosaurier durch einen Meteoritenhagel und die Förderquote der Erdöl exportierenden Länder waren uns ebenso geläufig wie die wichtigsten Organisationen der UNO. Den ersten Fußballweltmeister und den Austragungsort der ersten Olympischen Spiele der Neuzeit, die Sportarten des modernen Fünfkampfes und den Athleten mit den meisten olympischen Medaillen konnten wir locker herbeten und bei Filmstars, Popsängern und Musikhits kannten wir uns sowieso schon immer gut aus.

Und so fieberten wir der Fragerunde entgegen, um endlich unser Wissen unter Beweis zu stellen.

Aber die Hildesheimer waren auch nicht dumm. Der pickelige, bebrillte Schlaukopf vom Casting beantwortete seine Fragen blitzschnell und mit einem überlegenen Grinsen. Aber es tröstete mich, dass ich die Fragen auch hätte beantworten können, wenn auch vielleicht ein bisschen langsamer.

Das erste Themengebiet bei uns war moderne Technologie. Markus drückte auf den Buzzer und beantwortete alle Fragen perfekt. Piwi klopfte ihm anerkennend auf die Schulter.

Das Eis war gebrochen. Oliver Pleißen moderierte prima und machte ab und zu auch mal einen Witz. So war die Stimmung gut und nicht so sehr auf Rivalität angelegt. Bis zur letzten Fragerunde. Wir lagen Kopf an Kopf mit genau der gleichen Punktzahl. Ein Hildesheimer Mädchen mit dem Namen Agneta war gerade an der Reihe. Dann würde es mich erwischen. Das Blöde war, dass kein Mensch wusste, ob nun noch eines meiner Spezialgebiete drankommen würde.

Hanna und Markus hatten Glück gehabt und Piwi hatte sich für Geschichte geopfert, wo ich mich ein bisschen unterbelichtet fühlte. Aber ob nun noch Biologie oder Erdkunde drankamen, stand in den Sternen, und ich musste nehmen, was kam, denn ich war die Letzte unseres Teams.

Ich merkte auf. Gerade war Agneta bei ihrer letzten Frage ins Schleudern geraten. Es ging um Forscher und Erfinder und sie konnte nicht sagen, wer die Quellflüsse des Kongo erforscht hatte. Soweit ich mich erinnerte, war es Livingston, aber von mir wollte es ja leider keiner wissen. Sie rätselte eine Weile herum und dann sagte sie Albert Schweitzer. Na, das ging ja wohl voll daneben. Wenn ich jetzt alle meine Fragen beantwortete, hatten wir gewonnen. Ich hatte den Sieg zum Greifen nah vor Augen. Ich musste nur noch zupacken, oder genauer gesagt, meine drei Fragen richtig beantworten. In meiner Magengrube begann es zu kribbeln. Bitte, bitte, lieber Gott, lass es eines meiner Spezialgebiete sein.

Der liebe Gott schien gerade anderweitig beschäftigt zu sein, jedenfalls hatte er offenbar keine Zeit, sich um so läppische Dinge wie Schüler-Lehrer-Quizshows zu kümmern.

»Dann wollen wir doch mal sehen, welches Gebiet das Schicksal für Mila bereithält«, sagte Oliver Pleißen und lächelte gewinnend. »Ah, Politik. Das ist ja eigentlich kein Mädchenthema, oder?«

Wie bitte? Ich hatte wohl nicht recht gehört. Das war ja eine absolut frauenfeindliche Bemerkung. Warum sollte ein Mädchen sich in Politik nicht genauso gut auskennen wie ein Junge? Oliver Pleißen verlor bei mir schlagartig an Ansehen.

Dem würde ich es zeigen. Politik war ja wirklich nicht gerade meine starke Seite, aber das konnte ich ja nun nicht auf mir und meinen Geschlechtsgenossinnen sitzen lassen. Und da der Zorn meine grauen Zellen erst so richtig auf Hochtouren gebracht hatte, beantwortete ich seine ersten beiden Fragen Schlag auf Schlag. Wenn ich nun noch meine dritte Frage beantworten konnte, war der Sieg unser.

Ich hätte nicht an den Sieg denken sollen, denn ganz plötzlich fühlte ich die Verantwortung wie ein zentnerschweres Gewicht auf meinen Schultern lasten, und als ich auf dem Monitor die Frage lesen wollte, verschwamm sie vor meinen Augen. Ich hörte, wie Oliver Pleißen die Frage vorlas, aber irgendwie kam sie bei mir nicht an. Ich hatte das Gefühl, in einem dicken Wattebausch zu sitzen, der alle Geräusche dämpfte und unscharf machte. Sosehr ich mich auch bemühte, ich verstand die Frage nicht. Ich versuchte zu Hanna hinüberzuschauen, aber auch sie konnte ich nicht scharf erkennen, es war, als schwebte sie weit weg von mir irgendwo in einem weißen Wolkenmeer. Ich erinnerte mich, ein ähnliches Phänomen beim Casting erlebt zu haben, aber während es damals einen Lachkrampf in mir ausgelöst hatte, rieselte es mir nun kalt den Rücken runter und ich fühlte meine Zunge unbeweglich wie Blei in meinem Mund liegen.

Black-out. Ich hatte offenbar einen echten Black-out. Als er vorbei war, war auch meine Zeit abgelaufen.

»Schade, Mila«, sagte Oliver Pleißen, fügte aber gleich tröstend hinzu: »Macht aber gar nichts, denn auch Agneta hat ja eine Frage nicht beantwortet. Schauen wir also einmal auf den Punktestand. Und was sehen wir da? Ja, wunderbar: Gleichstand. Das Beste, was wir uns wünschen konnten. Denn jetzt wird es gleich in der ersten Sendung mächtig spannend. Wir haben nämlich ein Stechen. Und wer wird in diesem Stechen antreten?«

Na wer wohl?

»Richtig! Unsere beiden Lehrer!«

Sosehr ich mich auch geärgert hatte, weil ich unsere Chance verpatzt hatte, jetzt ging es mir wieder gut, denn ich hatte nicht die geringsten Zweifel, dass Piwi diesen Schlipsträger ganz schnell alt aussehen lassen würde.

Aber es war schwieriger, als wir gedacht hatten. Beide Lehrer beantworteten ihre erste Frage richtig und das Stechen ging in die zweite Runde.

Auch Oliver Pleißen schien allmählich etwas genervt. »Wenn das so weitergeht«, sagte er säuerlich grinsend, »haben wir bald keine Fragen mehr.«

Na, das war ihr Problem, nicht unseres. Solange es noch Fragen gab, würde Piwi sie jedenfalls beantworten.

Dann kam eine Schrecksekunde. Piwi gab eine falsche Antwort, aber er verbesserte sich gleich und Oliver Pleißen ließ die Antwort gelten, weil die Korrektur noch innerhalb der Bedenkzeit erfolgt war. Entweder hatte dieses Zwischenspiel bei Piwis Gegner die Konzentration gestört oder er wusste die nächste Antwort wirklich nicht, jedenfalls atmete der Quizmaster erleichtert auf.

»Wenn Sie die nächste Frage beantworten, Herr Winter, hat Ihre Mannschaft gewonnen. Also denken Sie gut nach. Hier ist Ihre Frage: Welchen Beruf übte Georg Mendel aus?«

Mendel? Meinte er unseren Vererbungs-Mendel? Das war ja klasse, das wusste Piwi doch bestimmt. War ja pippig – welchen Beruf übte Georg Mendel aus? Welchen wohl? Natürlich Forscher.

Auch Markus lachte, weil er die Frage offenbar

für genauso simpel hielt wie ich. Nur Piwi lachte nicht. Er schien vielmehr ernsthaft nachzudenken. Ja, war der denn blöd? Was gab es denn da noch nachzudenken.

»Nun, Herr Winter?« Oliver Pleißen konnte Piwis Zögern ebenfalls nicht verstehen.

Alle Kandidaten starrten ihn an und ich wette, den meisten lag die Antwort auf der Zunge.

Und dann antwortete er. Ich dachte, ich würde in Ohnmacht fallen. War der denn durchgeknallt? Was hatte er da gesagt?

»Abt. Georg Mendel war Abt.« Wie kam er denn da drauf? Ein Abt war doch der Vorsteher in einem Kloster. Da hatte er wohl total was durcheinander gebracht. Das durfte doch nicht wahr sein, eine so einfache Frage verpatzt! Markus und ich sahen uns entsetzt an.

»Richtig!«, sagte Oliver Pleißen in dem Moment. »Absolut richtig. Der berühmte Urheber der mendelschen Gesetze war Abt. Und damit ist das Team der Thomas-Mann-Schule Sieger in unserem ersten Schüler-Lehrer-Quiz ›Der Bildung eine Chance‹!«

Eine Musikfanfare ertönte, die Scheinwerfer veranstalteten ein kleines Lichtfeuerwerk und Oliver Pleißen überreichte Piwi einen Gutschein für die Klassenreise nach Berlin. Die Hildesheimer klatschten säuerlich Beifall. Wir sprangen von unseren Sitzen und umarmten Piwi, der uns so genial den Sieg beschert hatte.

Oliver Pleißen machte die Abmoderation. »Das war unser Quiz ›Der Bildung eine Chance‹, eine Gemeinschaftsinitiative des Ministeriums für Bildung und Wissenschaft sowie aller angeschlossenen Sender der ARD. Wir verlassen Sie jetzt mit den Bildern von den glücklichen Siegern!«

»Halt, laufen Sie nicht weg!«, rief Hanna, als Oliver Pleißen das Mikro abmachte und aus der Dekoration lief. »Wir brauchen unbedingt noch ein Autogramm!«

Er mochte ein Macho sein, aber er war ein Star und irgendwie einfach süß.

Kapitel 6
Der Liebesbrief

Als wir am nächsten Morgen in die Schule kamen und die großartige Neuigkeit unseres Sieges in der Klasse verkünden wollten, wusste bereits alle Welt Bescheid.

Natürlich war die Freude über die tolle Klassenreise, die wir gewonnen hatten, groß und alle gratulierten uns überschwänglich.

Ein bisschen wurmte es mich aber doch, dass unsere Rakete schon gestartet war, bevor wir sie überhaupt gezündet hatten.

Hatte Markus entgegen der Absprache nicht dichtgehalten? Eigentlich hatte Piwi es ja in der ersten Stunde erst bekannt geben wollen. Es konnte wirklich nur Markus sein, der den ganzen Ruhm für sich allein haben wollte. Wie er da schon wieder mit seinen Leuten herumstand – voll der Angeber. Na, mit dem würde ich ein Wörtchen reden.

»Konntest mal wieder deine Klappe nicht halten, wie?«, raunzte ich ihn an. »Absprachen gelten für dich wohl nicht!«

»Wieso?«, fragte er mit Unschuldsmiene.

»Na ja, musst du alles schon vorm Unterricht in die Klasse tröten?«

»Wieso ich? Frag doch lieber mal Vanessa!«

»Vanessa?«

»Ja, die hatte es schon jedem erzählt, als ich heute in die Klasse kam.«

Vanessa? Ich konnte es nicht glauben. Er wollte mich auf den Arm nehmen, woher sollte die das denn wissen?

»Von Pit Winter höchstpersönlich«, sagte sie auf meine irritierte Frage. »Er hat mir eine SMS geschickt.«

»Wie bitte?« Ich war wohl im falschen Film. »Pit Winter schickt dir doch keine SMS! Warum sollte er wohl?« Ihre Lügengeschichten konnte sie jemand anders erzählen.

»Ach, und was ist das?«, fragte sie und hielt mir dabei mit höchstarrogantem Gesicht ihr Handy hin. »Lies doch selbst. Ich habe ihm gestern Abend eine SMS geschickt und gefragt, ob man denn gratulieren kann, und er hat mir zurückge-ess-emm-esst, dass man kann. Hier, lies doch selbst, wenn du es nicht glaubst. War übrigens nicht die erste SMS von ihm an mich.« In ihrem Gesicht glänzte der Triumph.

Ich ignorierte das hingehaltene Handy.

Das war ja wohl der Hammer!

Ich kriegte bei jeder heimlichen SMS ein schlechtes Gewissen und Piwi tauschte öffentlich mit Vanessa Handy-Meldungen aus. Na ja, nicht gerade öffentlich, aber immerhin doch nicht anonym. Und die dusselige Kuh hatte nichts anderes zu tun, als die auch noch überall herumzuzeigen und sich wer weiß was darauf einzubilden. Ob ihn das so freuen würde? Konnte ich mir nicht vorstellen. Der war doch bestimmt nicht besonders scharf drauf, dass jeder von seinem SMS-Austausch mit der Klassenschnitte erfuhr. Dass sie ihn auf diese Weise nur angraben wollte, lag doch auf der Hand.

Sowieso, wie die in letzter Zeit immer zum Unterricht kam – grauenhaft. Dick Make-up, Eyeliner, Lidschatten … einen halben Tuschkasten hatte sie im Gesicht. Und ihre Haare hatte sie auch nachgetönt in ein grauenvolles Orangerot. Als sie ihre Mähne mal wieder herausfordernd vor Markus schüttelte, wurde es selbst dem ganz anders. In einer gespielten Ohnmacht sank er auf den Lehrerstuhl und grölte: »Hilfe, Onkel Dittmeier, eine Orange mit Beinen!«

Dass natürlich in dem Moment mal wieder Rumpelstilzchen unverhofft auftauchte und die Entweihung des Lehrerstuhls bemäkelte, trug dem Ärmsten dann auch noch eine Sonderaufgabe ein und ausnahmsweise mal mein Mitleid. Egal!

Nicht egal war es mir, wie Vanessa, die doch nun wirklich jeder vernünftige Mensch für eine blöde Zicke hielt, es geschafft hatte, sich SMS-Botschaften von Piwi zu erschleichen. Bestimmt hatte sie ihm irgendwelche dusseligen Fragen zum Unterricht gestellt und er hatte ihr prompt geantwortet! Hatte er eigentlich nichts anderes zu tun? Mir antwortete er nie. Schnief! Na ja, wie sollte er auch, wenn ich anonym blieb. Aber ich konnte auf keinen Fall dulden, dass Vanessa sich mit ihm schrieb. Die sollte ihre Griffel von den Handy-Tasten und besonders von meinem Piwi lassen!

Ich starrte mein Handy an. Wie viele süße Botschaften hatte es an ihn gesendet. Zu traurig, dass er nicht wissen durfte, dass sie von mir waren. Sollte ich vielleicht meine Anonymität einfach aufgeben? Ihm ganz normal ohne Nummernunterdrückung eine SMS schicken? Aber welchen Grund hatte ich? Ich überlegte. Ob ich ihn auch einfach frech was fragen sollte? Etwas zum Fliegenprojekt zum Beispiel?

Probleme gab es damit ja genug. Seit Tagen hatte ich das Gefühl, dass jemand an meinen Reagenzgläsern herumfummelte. Jedenfalls waren in meinen

Gläsern sehr viel weniger Fliegen als bei den anderen, was ich mir einfach nicht erklären konnte. Ich versorgte sie regelmäßig mit Zuckerwasser und machte es ihnen auch sonst gemütlich.

Aber immer wenn ich sie auszählte, stimmte irgendetwas nicht. Mal waren es zu viele Gecurlte im Verhältnis zu Glattflügeligen, mal gab es viel mehr ohne Curl-Faktor. Irgendwie konnte das nicht mit rechten Dingen zugehen.

Markus, der unsere Zählerei in ein Computerschaubild übertrug, war auch schon ganz genervt. »Bist du zu blöd, mal ein paar Fliegen richtig auszuzählen?«, hatte er mich erst heute angeschnauzt. »Was meinste, was das für ein Aufwand ist, immer wieder die Grafik zu ändern!«

Ich konnte es ihm ja nachfühlen, aber musste er mich deswegen gleich so anranzen?

»Kann ich was dafür?!«, giftete ich zurück. »Hier sabotiert doch einer meine Versuche! Den solltest du lieber anschnauzen!«

»Wie kommst du denn auf die Idee?«, fragte er eine Spur freundlicher.

»Wie ich auf die Idee komme? Meinst du echt, ich könnte nicht bis hundert zählen? Ich weiß auch, dass die Zahlen nicht stimmen können. Ein wirklich unerklärlicher Fliegenschwund!«

Ich hielt eins meiner Reagenzgläser gegen das Licht. Die winzigen Fliegen krabbelten an der Glaswand hoch.

Markus trat hinter mich und sah mir über die Schulter. »Die können doch da wirklich nicht raus«, sagte er. »Es sei denn, jemand fummelt absichtlich an deinem Versuch rum.«

Ich drehte mich um und sah ihm direkt in die Augen. »Glaubst du das wirklich? Ich hab nämlich auch schon darüber nachgedacht. Aber so gemein kann doch keiner aus unserer AG sein!«

Markus zuckte mit den Schultern. »Eigentlich nicht, weil er ja der ganzen Gruppe schaden würde. Vielleicht ist es jemand von einer anderen AG, die auch am Wettbewerb teilnimmt. Es könnte echt Sabotage sein.«

»Und was können wir dagegen machen? Sollen wir es Herrn Winter sagen?«

Markus fuhr sich mit der Hand durch sein kräftiges Haar. »Das ist vielleicht noch zu früh. Wir haben ja nur einen vagen Verdacht. Wir müssten halt den Bioraum ein bisschen besser im Auge behalten. Vielleicht geht uns ja der Täter ins Netz.«

»Uns?«, fragte ich ein bisschen erstaunt bei so viel Engagement. »Heißt das, du willst mir helfen?«

Er grinste frech. »Wenn das nicht gegen deine feministischen Prinzipien verstößt. Will dich schließlich nicht in Gewissenskonflikte bringen.«

Er nun wieder! Aber ein bisschen Unterstützung konnte ich gebrauchen, denn meine Freundinnen hatten für das ganze Fliegenprojekt null Verständnis und würden bestimmt nicht mit mir in Schulfluren lauern, um geheime Saboteure zu überführen.

»Du Ekel«, sagte ich und lachte ebenfalls. »Vielleicht ist es ja jemand von den militanten Tierschützern, der gegen Reagenzglashaltung von Fruchtfliegen protestieren will.«

»Dann hätte er ein Transparent mit seinem Logo hinterlassen. Nein, Mila, das ist ein ganz abgefeimter Schurke, der damit ausschließlich egoistische Ziele verfolgen will. Aber wir werden ihn schnappen!«

Er hob die Hand. »Schlag ein.«

Unsere Hände klatschten in dem Moment aufeinander, als Piwi die Tür öffnete. Ich lief rot an. Wie peinlich. Jetzt musste er ja denken, dass ich was mit Markus hatte.

Natürlich fragte er auch gleich ganz neugierig, was wir denn da grade besiegelt hätten.

»Unsere Freundschaft!«, sagte Markus und ich hätte ihn würgen können.

»Wenn ihr das nicht unbedingt im Bioraum fortsetzen müsst, könnte ich jetzt abschließen«, sagte Piwi.

»Klar, kein Problem«, sagte Markus, »ich fahr nur noch schnell den Rechner runter.« Er ging wieder an den Computerarbeitsplatz, klickte ein paar Mal mit der Maus und schob dann die Tastatur unter die Abdeckung.

Ich werkelte verlegen an meinen Reagenzgläsern herum.

»Entwickeln sich deine Fliegen gut, Mila?«, fragte Piwi.

»Hm, ja, es geht so …«

»Wird schon werden«, sagte er aufmunternd. »Die von Vanessa vermehren sich ja schon ganz erstaunlich.«

Sieh an, die von Vanessa … wirklich, ganz erstaunlich! Ich fand es einfach zu ätzend, wie er auf ihre Schleimerei abfuhr.

Und dazu noch diese SMS-Schreiberei zwischen ihm und ihr!

Eigentlich sollte ich mich überhaupt nicht mehr um ihn kümmern. Er war genau wie die Jungs. Da machten die paar Jährchen, die er älter war, offenbar gar nichts aus. Wenn ihn jemand anbaggerte, fühlte er sich genauso gebauchpinselt wie die. Lag wohl in der männlichen Natur!

Nein, ich würde bestimmt den Harem seiner Bewunderinnen nicht noch vergrößern. Ich würde ihm jedenfalls keine SMS mehr schicken! Weder offen noch anonym. Wer war ich denn, dass ich mich mit Vanessa auf eine Stufe stellte? Nee, ich hatte auch meine Ehre.

Andrerseits ... er war doch so süß. Und er war das absolut interessanteste männliche Wesen, das mir je über den Weg gelaufen war. Das Schicksal musste es gewollt haben, dass sich unsere Pfade kreuzten. Kati hätte gesagt, alles, was geschieht, ist vorherbestimmt. Das hieß, Piwi war nicht zufällig in unsere Klasse geschneit, das Schicksal hatte ihn mir geschickt. Er wusste es nur noch nicht.

Gut, was also konnte ich tun, um Vanessa bei ihm auszustechen?

SMS war erledigt. Von mir kriegte er keine mehr!

Wie wäre es, dachte ich, wenn ich einfach mal wieder zur guten alten Post greife und ihm einen Brief schreibe? Ein Brief war ja sooo viel romantischer als eine schnöde SMS. Man konnte viel mehr schreiben, ein Bild dazu malen ... genau! Ich würde Piwi einen Brief schreiben, einen richtigen, romantischen Liebesbrief.

Als ich dann später zu Hause Filzer kauend vor dem weißen Blatt saß, war die Sache allerdings viel schwieriger als gedacht.

So eine SMS aus ein paar Wörtern war schnell runtergetippt, aber ein ganzer Brief, der wollte wohl überlegt sein. Schließlich war Piwi Deutschlehrer, er würde nicht nur die Qualität des Inhalts, sondern auch der Form erkennen. Da musste ich mir echt Mühe geben. Ich wollte ja schließlich nicht auf eine Diddlkarte zurückgreifen. Ein bisschen

Niveau war ich mir und ihm schon schuldig. Trotz Vanessa.

Also, was schrieb ich nun?

Schon die Anrede war schwierig. Ich konnte ja nicht schreiben: *Geliebter Lehrer* oder *Angebeteter Piwi*!? *Lieber Herr Winter* klang einfach absolut öde, würde aber die Form wahren. Aber musste ich die eigentlich wahren? Nee, Spontaneität und Kreativität waren angesagt. Gewagtes Durchbrechen der Form! Absage an herrschende Normen! Wer war ich denn, dass ich mich diesen Zwängen unterwarf! Freiheit des Denkens und der Rede war gefragt, ja und der Schreibe sowieso!

Aber irgendwie war ich wohl nicht der kreative Mensch. Mir wollte einfach kein Sülz in die Feder. Musste ich halt mal auf berufenere Geister zurückgreifen. Irgendwo hatte ich eine Sammlung mit Liebesgedichten im Wohnzimmerschrank rumstehen sehen. Ich stand auf und ging nachsehen. Nach einigem Suchen fand ich das Reclamheft. *Deutsche Liebeslyrik*. Na, wenn da nichts drinstand, dann nirgendwo.

Die ersten Leseergebnisse waren dann aber eher enttäuschend. *Dû bist mîn, ich bin dîn: des solt dû gewis sîn …*

Na ja, wäre ja schön, aber etwas antik.

Irgendwie schienen die meisten Gedichte auch von Männern geschrieben worden zu sein. Sehr merkwürdig. Dabei hatte ich immer angenommen, wir Frauen seien das romantische Geschlecht. Na, mal weiterblättern, es musste doch ein paar lyrisch begabte Frauen in der Literaturgeschichte gegeben haben. Hm, Angela Sommer, modern, aber eher depressiv, Ursula Krechel – das Gleiche. Überhaupt, je moderner, umso hoffnungsloser die Liebe offenbar. Waren ja für mich keine rosigen Aussichten. Vielleicht ließ ich es doch besser. Ingeborg Bachmann las ich. *Erklär mir, Liebe, was ich nicht erklären kann …*

Ja, erklär mir, Liebe, was mit mir passiert ist, seit er da so jungenhaft frech in unserer Klassentür stand. Erkläre es mir! Welche Magie schafft es, mein Herz und meinen Verstand so zu verwirren? Ich las weiter. Blätter, blätter … Goethe, Schiller, Lenau, Hölderlin … Männer, alles Männer! Wirklich, als wenn Frauen keine Gedichte schreiben könnten. Voll das Macho-Buch! Ich pfefferte es zornig auf den Schreibtisch. Ob ich es selbst mal versuchte? Ich malte ein flammendes Herz auf das Papier und schrieb daneben:

Meine Liebe zu dir
Ist wie ein Vogel im Wind,
Ist wie ein lachendes Kind,
Ist wie ein Glitzern im Schnee,
Wie die versinkende Sonne im See.

Ich hielt inne und staunte. Cool. Das reimte sich ja sogar. Herbei Muse, küss mich noch mal. Eine zweite Strophe muss her.

Meine Liebe zu dir
Ist wie das Ticken der Uhr,
Ist wie vom Wiesel die Spur,
Ist wie ein Glücksblatt im Klee,
Wie das selige Lächeln der Fee.

Hm, na ja, ließ ein bisschen nach. Aber ging schon noch. Jetzt einen griffigen Schluss. Vielleicht eine kleine Variante, einen Schlenker hin zu ihm. Vielleicht: *Deine Liebe zu mir …* War das nicht ein bisschen zu verwegen? Nö … erst mal schreiben.

Deine Liebe zu mir,
du hältst sie versteckt.
Hat sie dich erschreckt?
Sie ist wie ein Vogel im Käfig gefangen,
Ach, gib sie doch frei und still mein Verlangen!

Groovy. Ich fasste es nicht! Was da so in mir schlummerte! Ich war ja eine verkappte Dichterin! Besser ist das auch nicht, was in diesem dicken Gedichtband steht, dachte ich. Jedenfalls war es nicht so passend. Ich las noch einmal alles durch. Es half nichts, auch beim zweiten und dritten Lesen fand ich es noch ziemlich genial. Ich musste es ihm einfach schicken. Aber wie redete ich ihn an? Ach, am besten gar nicht. Er würde schon wissen, dass er gemeint war. Allerdings durfte er meine Handschrift nicht erkennen. Also setzte ich mich an den Rechner, suchte im Grafikprogramm einen hübschen Jugendstilrahmen heraus und fügte das Gedicht in einer passenden Schrift ein. Sehr schön. Dann schrieb ich noch drunter: *In Liebe und Anbetung, Deine unbekannte Verehrerin,* und druckte das Ganze auf einem besonders schönen Briefbogen von Mama aus. Stilvolles Büttenpapier!

Ich drückte einen unsichtbaren Kuss darauf, faltete den Bogen zusammen und steckte ihn in den Umschlag. Seine Adresse? Verdammt, wir waren doch ein paarmal bei ihm gewesen, aber mir fiel die Hausnummer nicht mehr ein! Na, es gab ja noch das Telefonbuch.

Ich kramte es hervor. Mist! Im Telefonbuch stand er nicht. Wollte wohl nicht ständig von Schülern belästigt werden. Blöd. Ich konnte den Brief allerdings auch in die Schule schicken. Oder sogar selbst im Sekretariat abgeben. Nee, besser nicht. Das war zu riskant. Wenn er dann nachfragte, könnte mein ganzes Inkognito auffliegen. Das ließ ich mal lieber sein. Also klebte ich eine Briefmarke drauf und adressierte den Brief an die Schule. Dann brachte ich ihn schnell zum Briefkasten und warf ihn mit zitternden Fingern ein. Ab ging die Post!

Was hatte ich getan???

Was ich getan hatte, wurde mir erst am nächsten Morgen in der Schule richtig bewusst.

In der dritten Stunde hatte Herr Winter einen Deutschtest angesetzt. Auch wenn Deutsch nicht gerade meine Stärke war, so war Piwi allein schon so motivierend, dass ich der Arbeit relativ locker entgegensah. Würde schon nicht so schlimm werden. Wie immer betrat er bestens gelaunt und mit einem herzlichen »Guten Morgen« die Klasse.

»Guten Morgen, Herr Winter!«, schmetterten wir im Chor zurück.

»Na, bereit zu neuen, kühnen Taten?«, fragte er und knallte einen Stapel Hefte, Ordner und sonstiges Kramzeug, was Lehrer so mit sich rumschleppen, auf den Lehrertisch. Hatte wohl gerade sein ganzes Postfach ausgeräumt. Postfach? Ach herrje! Da lag doch wohl nicht schon mein Brief mit drin?

Ich stierte wie hypnotisiert auf das Lehrerpult vor mir. Nein, das konnte nicht sein. Die Post brauchte doch mindestens einen Tag oder zwei. Es war doch schon fast Abend gewesen, als ich den Brief einsteckte.

Ich beugte mich zu Hanna rüber. »Wie lange braucht eigentlich ein Brief mit der Post?«

»Wohin denn? Weit weg oder hier in der Stadt?«

»Hier.«

»Maximal vierundzwanzig Stunden.«

Ich hatte nur ›...vierundzwanzig Stunden‹ gehört und atmete erleichtert auf. Keine Gefahr also, dass mein Brief dabei war.

»Ich habe euch eine Ballade mitgebracht, von der ich glaube, dass ihr sie sicher ganz spannend finden werdet. Bitte denkt an den Dreischritt: kurze Inhaltsangabe, Analyse und Interpretation. Die formalen Strukturen nicht vergessen.« Herr Winter ging durch die Reihen und teilte die Kopien aus.

Die Ersten, die schon im Besitz der Aufgabe waren, fingen an zu stöhnen.

Knolle quiekte entsetzt auf und Kati seufzte: »Oje, ist das lang!«

»Erwarten Sie zu jeder Strophe eine eigene Interpretation?«, fragte Vanessa. Natürlich nur, um mal wieder ihr fachliches Interesse zu demonstrieren.

Piwi stand direkt vor mir. Jetzt drehte er sich, den Zettel für mich noch in der Hand, zu Vanessa um und antwortete auf ihre Frage. »Es reicht, wenn ihr die für Handlung und Sinn entscheidenden Stellen angebt und analysiert. Das sollte dann in die Gesamtinterpretation einfließen.«

War ja wohl logisch. Vanessa strahlte ihn an, als hätte er ihr gerade die gesamte Interpretation geliefert. Wie konnte jemand nur so beständig grinsen?

Und Piwi griente zurück! »Viel Erfolg«, sagte er auch noch, was in meinen Augen entschieden zu viel Zuwendung für diese Zicke war.

»Kann ich denn nun auch mal meine Aufgabe haben?«, erinnerte ich ihn entsprechend muffig an die Pflichten, die er gegenüber seinen anderen Schülern hatte. Ich war schließlich auch noch da.

Er drehte sich wieder zu mir um und zog ein wenig die linke Augenbraue hoch. »So ungeduldig, Mila?«, sagte er mit einem ironischen Lächeln und pappte mir den Zettel auf den Tisch. »Hast dir wohl viel vorgenommen? Viel Glück.«

Bei seinen letzten Worten war die Ironie aus seinem Gesicht verschwunden. Reine, klare Freundlichkeit strahlte mich an.

Gott, war er goldig! Mit bebenden Fingern griff ich nach dem Blatt. Ach, du liebes bisschen! Was war denn das? Schlagartig war mir wieder bewusst, warum ich Balladen hasste – sie waren meistens einfach zu lang!

Ich hatte gerade das Gedicht einmal durchgelesen und wollte mich an die Inhaltsangabe machen, als Piwi sich an den Lehrertisch setzte. Mein Schultisch stand direkt davor und ich konnte genau sehen, wie er damit begann, den unsortierten Haufen aus seinem Postfach zu ordnen. Fein säuberlich stapelte er Klassenarbeiten, sonstige Akten und Post auf drei unterschiedliche Häufchen. Ich blickte eher gedankenverloren als neugierig zu ihm hin.

In meinem Kopf nahm der Anfangssatz meiner Inhaltsbeschreibung in groben Umrissen Gestalt an, als Piwi mit einer ungeschickten Armbewegung den Rest des Haufens zum Einsturz brachte und seine Bestandteile über beide Tische flogen. Ein Teil rutschte sogar bis auf meinen Schoß.

»Oh, Entschuldigung!«, rief er bestürzt und versuchte mit den Händen den Rest am Hinübergleiten zu hindern. Ich klaubte ein paar Umschläge von meinen Knien und stand auf, um sie ihm zu geben. Eine große gelbe Versandtasche, ein paar graubeige Recyclingbriefe und … mir wurde schwarz vor Augen … ein edler, weißer Büttenumschlag.

Meine Hände begannen unkontrolliert zu zittern. Mein Kreislauf lief vor und zurück, Schweiß trat mir auf die Stirn.

Das – das konnte doch nicht sein! Ich hielt meinen eigenen Brief in den Händen. Meinen Liebesbrief an ihn. Und er, er stand keinen Meter von mir entfernt und hielt mir seine Hände entgegen, um ihn höchstpersönlich von mir in Empfang zu nehmen. Ich stand wie versteinert. Unfähig zu denken oder irgendetwas zu tun.

Hanna, die am Nachbartisch saß, merkte zuerst, dass irgendetwas nicht stimmte. »Ist dir schlecht, Mila? Du bist so blass?«, fragte sie besorgt.

Ach, hätte sie doch ihren Mund gehalten. Jetzt hoben auch die anderen ihre Köpfe und Knolle trompetete ins Rund: »Achtung! Die kippt gleich um!«

Kati war aufgesprungen und an meine Seite getreten.

Piwi sah mich sorgenvoll an.

»Dir ist wohl der Test auf den Magen geschlagen!«, konnte Vanessa ihre Freude über meine missliche Situation kaum zurückhalten.

Das brachte mich wieder zu mir. Und als Kati fragte, was denn mit mir los wäre, konnte ich auch wieder sprechen.

»Äh, nichts, gar nichts, geht schon wieder. Vielleicht der Kreislauf. Bin zu schnell aufgesprungen …« Immer noch hielt ich in meinen verkrampften und zittrigen Fingern Piwis Post.

Beim Blick auf den weißen Umschlag fühlte ich, wie mir plötzlich glühende Hitze in die Wangen schoss. Ich will hier raus, dachte ich und sah mich panisch um. Markus schaute mich höchst gespannt an. Als unsere Blicke sich trafen, grinste er.

Schnell wendete ich mich ab, um Sekunden später mit Piwis forschendem Blick zusammenzuprallen. »Danke, dass du meine Post gerettet hast«, sagte er und räumte den Teil, der auf meinem Tisch und meinem Heft lag, auf das Lehrerpult zurück.

Kati hatte sich wieder auf ihren Platz gesetzt und auch die Neugierde der anderen schien befriedigt. Jedenfalls beugten sie sich wieder über ihren Test. Nur ich stand immer noch wie bestellt und nicht abgeholt halb hinter, halb neben meinem Tisch.

»Wenn du mir die Briefe gibst, die du da in der Hand hast, Mila, könntest du weiterschreiben«, meinte Piwi in leicht neckendem Tonfall.

Ja sicher, klar, ich musste sie ihm geben. Das war ja auch meine ursprüngliche Absicht gewesen. Bevor ich festgestellt hatte, dass sich mein eigener Brief an ihn darunter befand. Den konnte ich ihm doch unmöglich jetzt selber geben! Aber unauffällig verschwinden lassen ging auch nicht. Das Schicksal hatte mich in eine jener tragischen Situationen gestellt, die dem Menschen keine andere Möglichkeit lassen, als wissentlich das Falsche zu tun!

Merde aber auch! Da ich mich noch immer nicht vom Fleck gerührt hatte, war Piwi zu mir getreten und streckte mir erneut die Hände entgegen, um die Post in Empfang zu nehmen. Ich reichte ihm zuerst die Zeitung und den großen Umschlag, dann die Recyclingbriefe. Der weiße Büttenumschlag brannte wie Feuer in meinen Fingern. Ich zitterte wie Espenlaub, als ich ihm das heiße Teil hinhielt. Jetzt ein passender Zauberspruch und der Brief würde sich mit einem kleinen Knall und unter Zurücklassen eines zarten, rosa Rauchfähnchens in Luft auflösen. Aber leider war ich keine so begnadete Hexe wie Kati, die das sicherlich hingekriegt hätte.

Das Unabänderliche geschah!

»Du siehst wirklich krank aus«, sagte Piwi und entwand den Brief mit einem »Dankeschön« meiner bebenden Flosse.

Vorbei, dachte ich, aus und vorbei, *rien ne va plus*, nichts geht mehr. Er hat ihn und nichts auf der Welt wird ihn davon abhalten, ihn zu lesen ... hier und jetzt! Erde, tu dich auf.

Aber der Boden unseres Klassenzimmers war aus solidem Stahlbeton und dachte gar nicht daran, eine reumütige Sünderin zu verschlucken.

Ich sank voller Verzweiflung auf meinen Stuhl. Musste ich denn auch ausgerechnet den Platz vorm Lehrertisch haben? Wie hatte ich mich gefreut, als ich ihn zu Vanessas Ärger endlich erobert hatte und Piwi im Unterricht so richtig schön nah sein konnte. Nun hätte ich ihn mit Freuden für Vanessa geräumt. Obwohl, zwei, drei Reihen Bänke zwischen ihm und mir wären immer noch zu wenig, um die von der Situation ausgehende Peinlichkeit zu neutralisieren. Ich senkte den Kopf so tief es ging über meine Arbeit.

Mit gnadenloser Geschäftigkeit schlitzte er einen Brief nach dem anderen auf.

Ich schielte unter meinen Ponysträhnen, die mir wie ein schützender Vorhang ins Gesicht fielen, zu ihm hinüber.

Jetzt, jetzt hatte er den Büttenumschlag in der Hand. Er drehte ihn herum, um nach dem Absender zu sehen. Überflüssig, da war keiner. Er drehte ihn wieder zurück. Er nahm einen Bleistift und schlitzte den Umschlag damit auf. Das Ratschen schmerzte in meinen Ohren. Ich konnte nicht mehr hinsehen und senkte den Blick auf das vor mir liegende Gedicht.

Wie ist dein Schwert von Blut so rot?
Edward, oh, Edward!
Ich habe geschlagen mein rot Ross tot.
Mutter, oh, Mutter!

Na, das würde Vanessa nicht gefallen. Tote Rösser!

Obwohl ich eigentlich überhaupt nicht wissen wollte, was da am Lehrertisch passierte, waren meine Sinne total geschärft. Ich hörte, wie er den Brief aus dem Umschlag zog, ihn auseinander faltete ... ich glaubte sogar zu hören, wie er ihn las, begleitet von gelegentlichen, erstaunten Atemzügen.

Es ging nicht anders, ich musste noch einmal zu ihm hinschielen. Wieder hatte ich einen absolut unseligen Moment erwischt. Auch er sah gerade auf. Unsere Blicke verkrallten sich einen schmerzhaften Augenblick ineinander, dann hielt ich es nicht mehr aus und senkte meinen glühenden Kopf.

Ich fühlte, dass er mich noch immer ansah. Oh, wie peinlich! Ich war völlig von der Rolle, und wenn er nur ein bisschen kombinierte, würde ihm ganz schnell klar sein, warum.

Aber er kombinierte nicht, oder falsch. Jedenfalls sagte er in ganz normalem Tonfall zu mir: »Ist dir immer noch nicht besser? Also, wenn es nicht geht, dann musst du die Arbeit nicht zu Ende schreiben. Wirklich nicht, Mila. Willst du dich ein bisschen hinlegen? Soll dich jemand ins Krankenzimmer bringen?«

»Mach ich!«, bot Markus sich sofort an.

Ich nickte. Mir war ganz egal, wer mich wohin bringen würde, Hauptsache raus hier.

»Gut. Markus, bist du dann so nett? Du kannst dann für die verlorene Zeit in der großen Pause noch weiterschreiben. Gute Besserung, Mila.«

Ich stand auf und verließ mit Markus die Klasse.

Als ich an Vanessas Tisch, der direkt neben der Tür stand, vorbeikam, sah sie mich missgünstig an und zischte: »Feiner Trick, sich vor der Klassenarbeit zu drücken!«

Ehe ich noch etwas zu meiner Rechtfertigung erwidern konnte, blaffte Markus zurück: »Kümmer dich um deinen Dreck!«, wofür ich ihm direkt dankbar war.

Er holte vom Hausmeister den Schlüssel für den Sani-Raum.

Als ich schließlich mit geschlossenen Augen auf der Liege lag, hörte ich, wie er einen Hocker heranzog und sich neben mich setzte. Das war mir nun gar nicht sehr angenehm. Irgendwie war ich vom Regen in die Traufe gekommen. Mit Markus in einem engen Sani-Raum eingesperrt zu sein konnte kaum zur Besserung meines angegriffenen Nervenkostüms führen. Bestimmt starrte er mich die ganze Zeit an.

Nervös schlug ich die Augen auf. Nur um irgendetwas zu sagen, sprach ich ihn auf den bevorstehenden Ausflug an. »Herr Winter ist ja voll begeistert, dass du uns auf euren Hof eingeladen hast. Wirklich nett von deinem Vater, dass er es erlaubt hat. Meine Mutter würde einen Abraster kriegen, wenn ich so was vorschlagen würde.«

Markus lachte. »Fünfundzwanzig Leute in einem Frisiersalon sind ja wohl auch ein bisschen viel! Bei uns verteilt sich das wirklich besser.«

»Habt ihr viele Tiere? Herr Winter stellt sich ja vor, dass er bei euch sämtliche Haustiere aus unserem Biobuch vorfindet.«

»Wir haben schon so einige. Aber hauptsächlich

Pferde. Wir züchten Reitpferde. Mein Vater ist Reitlehrer und Pferdewirt.«

Ach, wahrscheinlich wusste Vanessa das und schmiss sich deswegen so an ihn ran. Für sie, die leidenschaftliche Reiterin, wäre eine Beziehung mit Markus ja wirklich der absolute Hit.

»Na, dann wird Vanessa ja sicher gleich ihre Reitferien bei euch buchen.«

Markus sah mich irgendwie peinlich an, so als hätte er den leicht eifersüchtigen Unterton mit Genugtuung registriert. Dann aber sagte er lachend: »Für die ist bei uns immer ausgebucht. So nötig haben wir es nun auch nicht, dass wir auf sie angewiesen sind. Wenn mich eine Sorte von Mädchen überhaupt nicht anmacht, dann sind es solche unechten Zicken wie sie. Deine Freundin Hanna und du, ihr gefallt mir besser.«

Ich überhörte das Letzte und sagte: »Aber es wäre doch ihr Traum.« Dann überspitzte ich Vanessas Tonfall. »›An deiner Seite über die Felder zu traben‹ ... ach, was sag ich ... natürlich ›zu galoppieren‹!«

Wir kicherten. Irgendwie war das Eis zwischen uns gebrochen.

Wir lästerten noch ein bisschen über Vanessas Eigenheiten ab, dann wurde ich ganz mutig und fragte: »Wieso lebst du mit deinem Vater alleine? Sind deine Eltern geschieden?«

Markus schüttelte den Kopf und ungewöhnlich ernst sagte er: »Nein. Meine Eltern haben sich sehr geliebt. Sie hätten sich nie scheiden lassen. Meine Mutter ist tot. Sie hatte vor zwei Jahren einen Reitunfall.«

»Das tut mir Leid«, sagte ich betreten. »Das wusste ich nicht. Ich hätte dich nicht fragen sollen.«

»Doch, ist schon okay. Du konntest es ja nicht wissen und ich finde es ja auch okay, dass es dich überhaupt interessiert. Es war ziemlich schwer für meinen Vater.«

»Und für dich? Du redest gar nicht über dich. Für dich muss es doch auch schlimm gewesen sein. Hast du sie nicht auch geliebt?«

Ich kriegte einen Schreck, als ich meine Frage ausgesprochen hatte. Wie kam ich bloß dazu! Nichts auf der Welt gab mir das Recht, Markus eine so persönliche Frage zu stellen. Zwischen uns hatte es nie eine besondere Nähe gegeben. Jedenfalls von meiner Seite nicht. Ich hatte immer gerne ein paar Meter zwischen ihm und mir gehabt, um seiner Anmache zu entgehen. Und nun hockte ich mit ihm in einem engen Sani-Raum und fragte, ob er seine Mutter geliebt hatte. Ich war heute wirklich voll daneben.

»Natürlich hab ich sie geliebt! Sie war die tollste Frau auf der Welt. Sie fehlt mir sehr. Es gibt Tage, da glaube ich es kaum, dass sie gestorben ist. Dann gehe ich und hole mir ihr Pferd Sarabande aus dem Stall und reite zu ihrem Lieblingsplatz am Fluss. Es ist die Stelle, an der sie gestorben ist.«

»Willst du mir sagen, wie es passiert ist?«

»Wir wissen es nicht. Das Pferd hat sie abgeworfen, vielleicht hat es sich vertreten, sie muss mit der Stirn auf einen der Felsen im Fluss gestürzt sein. Wir haben sie am Abend nach verzweifelter Suche halb im Wasser liegend ertrunken aufgefunden.«

Wir schwiegen.

»Im Sommer haben wir dort immer gebadet. Als ich noch klein war, hat sie mich immer nass gespritzt. Sie war so wild und übermütig wie du.«

Ich schluckte. Nein, dachte ich, vergleich mich

nicht mit deiner toten Mutter. Nicht so viel Nähe. Nicht zwischen dir und mir! Das passt nicht, wirklich, das passt ganz und gar nicht!

Ich richtete mich mit einem Ruck von der Liege auf. »Mir geht's wieder besser. Vielleicht gehe ich noch ein bisschen an die frische Luft und du solltest deine Arbeit zu Ende schreiben.«

»Nicht so wichtig.« Er zeigte keine Eile, aber als er merkte, dass mich nichts mehr halten konnte, stand auch er auf. »Okay, kommst du noch mit rauf? Oder soll ich dich bei Piwi wieder gesundmelden?«

Da ich ihn so abrupt auch nicht stehen lassen wollte, ging ich mit ihm nach oben. Die große Pause hatte gerade angefangen und alle Schüler genossen die herrliche Sonne auf dem Schulhof. Die Flure waren wie ausgestorben.

Als wir im ersten Stock um die Ecke zu den Funktionsräumen bogen, standen Vanessa und eine Biolehrerin vor dem Bioraum. Markus packte mich an der Schulter und zog mich hinter die Ecke zurück.

»Was soll das«, raunzte ich ihn an.

Er legte mir seinen Finger auf den Mund. »Psst! Ich weiß auch nicht«, flüsterte er, »aber ich habe so ein komisches Gefühl, als ob da was abgeht.«

Ich verstand zwar gar nichts, verhielt mich aber still. Er schaute vorsichtig um die Ecke.

»Vanessa lässt sich den Bioraum aufschließen. Was meinst du, was sie da in der Pause will?«

»Keine Ahnung. Ihre Fliegen füttern?«

»Vielleicht. Vielleicht aber auch nicht.«

Wir hörten die Biolehrerin mit kleinen energischen Schritten den Flur entlangkommen. Schon bog sie um die Ecke. »Was macht ihr denn hier drin? Ihr wisst doch, dass in der großen Pause kein Schüler im Schulgebäude herumlungern soll. Raus mit euch in die Sonne.«

Wir verzichteten auf eine lange Erklärung über die Rechtmäßigkeit unseres Hierseins, Daseins und Soseins und machten uns in Richtung Bioraum davon.

Kurz vorher verlangsamte Markus seinen Schritt und bedeutete mir, leise zu sein. Wir schlichen näher. Die Tür war nur angelehnt. Markus schob sie einen Spalt auf. Gerade so weit, dass wir die Ecke, in der unsere Reagenzgläser standen, sehen konnten. Ich weiß nicht genau, was wir eigentlich erwarteten, aber was wir dann sahen, erklärte mir zumindest manches. Insbesondere meinen seltsamen Fliegenschwund.

Vanessa stand am Versuchstisch, zog einen Stopfen aus einem Reagenzglas und schüttelte es. Ich sah, wie sich eine Wolke von Fruchtfliegen daraus erhob und sich aus dem geöffneten Fenster davonmachte.

Ich konnte kaum an mich halten. Dieses miese Stück!

»Das sind meine! Garantiert sind das meine!«, schnaubte ich zornbebend. »Dass soll sie mir büßen!«

Hätte Markus mich nicht zurückgehalten, ich hätte mich sofort auf Vanessa gestürzt.

»Nicht«, flüsterte er. »Wir haben doch noch gar nichts in der Hand. Wir wissen nicht mal, ob es wirklich deine Fliegen waren.«

»Du hast es doch auch gesehen. Du bist Zeuge! Glaubst du, die lässt ihre eigenen Fliegen frei?«

»Nein, natürlich nicht. Komm, ich sag dir, was wir machen.« Und mit diesen Worten zog er die

Tür wieder vorsichtig ein bisschen zu und mich vom Tatort weg.

»Ich muss jetzt die Arbeit weiterschreiben, sonst kriege ich Ärger«, sagte Markus, als wir den Flur hinunter zur Klasse gingen. »Du meldest dich eben gesund und dann gehst du in die Pause. Auf dem Weg nach unten kannst du ja rein zufällig noch mal in den Bioraum schauen. Guck nach, ob wirklich deine Fliegen weg sind, aber fass das Reagenzglas nicht an. Bestimmt sind Vanessas Fingerabdrücke drauf, damit überführen wir sie.«

Ich sah ihn fasziniert an. Mensch, an Markus war ja ein richtiger Detektiv verloren gegangen! Cool.

Ich machte es genau so, wie er gesagt hatte. Das heißt, ich wollte alles so machen. Aber als ich von außen vorsichtig an der Tür zum Bioraum schob, zog Vanessa von innen, und plötzlich standen wir uns in der geöffneten Tür Auge in Auge gegenüber. Das war zu viel! Ich konnte ihr überhebliches Grinsen nicht ertragen, nicht nach dem, was ich soeben gesehen hatte. Ich war nun mal keine Taktikerin. Was mich bedrückte, musste heraus, und Ungerechtigkeit ertrug ich nicht.

»Was hast du mit meinen Fliegen gemacht?!«, konfrontierte ich sie völlig unklug sofort mit unserer Beobachtung.

»Mit deinen Fliegen? Was habe ich mit deinen Fliegen zu tun? Ich habe meinen Nährlösung gegeben. Hast du was dagegen?«

Markus hatte Recht. Sie war so was von abgebrüht, dass sie natürlich alles leugnete. Aber ich würde sie zum Reden bringen!

»Du bist die Saboteurin!«, schrie ich. »Du hattest deine verdammten, dreckigen Finger im Spiel! Du hast unsere Fliegen freigelassen! Wir haben alles gesehen, Markus und ich. Du brauchst es gar nicht abzustreiten!« Meine Stimme überschlug sich vor Erregung. »Du hast an meinem Versuch herumgepfuscht. Du bist schuld, dass bei mir immer etwas schief geht! Du wolltest verhindern, dass ich am Wettbewerb teilnehmen kann!«

Vanessa lief rot an. Es war klar, dass sie sich ertappt fühlte. Um der peinlichen Situation ein Ende zu machen, versuchte sie, sich an mir vorbei aus der Tür zu drücken. Aber ich dachte gar nicht daran, sie rauszulassen und schubste sie leicht zurück.

Sofort stürzte sie sich wie eine Furie auf mich, riss mich an den Haaren und fing nun ebenfalls an zu kreischen. »Nimm deine Pfoten weg! Du spinnst ja! Deine blöden Fliegen interessieren mich überhaupt nicht! Steck sie dir doch sonst wohin! Du leidest ja an Wahnvorstellungen!«

Genau wie Markus gesagt hatte, sie stritt einfach alles ab.

»Ich habe es doch genau gesehen! Du hast sie alle freigelassen!«

»Das beweis erst mal!«, giftete sie.

Zu blöd. Ich war noch gar nicht dazu gekommen, die Beweismittel sicherzustellen. Jetzt war es zu spät.

»Was ist denn hier los?«, bellte Rumpelstilzchens Stimme in unsere lautstarke Auseinandersetzung. »Mila, lass sofort Vanessas Haare los! Hast du denn überhaupt kein Benehmen?«

War der denn blind? Vanessa hatte sich in meine Haare verkrallt, nicht umgekehrt. Aber Rumpelstilzchen brauchte ich ja nun gar nichts zu erzählen. Wenn es einen Lehrer gab, der mir garantiert kein

Wort glauben würde, dann war es Rumpelstilzchen.

Dennoch versuchte ich es. Wider besseres Wissen. »Vanessa hat meinen Versuch ruiniert ...«, setzte ich an, aber Rumpelstilzchen fuhr mir sofort über den Mund.

»Das interessiert mich nicht! Mädchen, die sich prügeln, gehören nicht auf ein Gymnasium! Ich habe nicht die Absicht, dein ungebührliches Verhalten länger hinzunehmen! Folge mir bitte!«

Ich hörte ja wohl nicht ganz richtig! Was war mit Vanessa? Warum giftete er nur mich an? Sie war es doch, die an allem schuld war! Noch einmal versuchte ich ihm den Sachverhalt zu erklären, aber wieder blockte er desinteressiert ab.

»Ich kenne dich, Mila«, zischte er und man sah ihm an, wie er hocherfreut im Geiste um sein Feuerchen tanzte, »du hast einfach keine Disziplin. Aber ich werde sie dir schon beibringen! Komm mit.«

Er packte mich am Arm und zog mich aus dem Bioraum. Dann gab er mir einen Schubs und sagte: »Zum Direktor!«

Na prächtig! Das musste ich ja auch unbedingt noch haben, nach allem, was heute schon passiert war. Ein Fluch musste auf diesem Tag liegen. Das konnte doch nur in einem handfesten Tadel enden!

Ich sah mich Hilfe suchend um. War denn kein Mensch auf dem ganzen Flur, der mir gegen Rumpelstilzchen beistand? Hanna und Kati, meine Freundinnen, oder wenigstens Markus? Ich blickte zurück. Vanessa stand vor dem Bioraum und grinste höhnisch hinter mir her. Na warte, dachte ich wütend, wir sprechen uns noch. Das hat ein Nachspiel, das schwöre ich dir! Sie hatte meinen Blick aufgefangen und hielt ihm arrogant stand. Ich bekam wieder einen Schubs von Rumpelstilzchen.

»Los, vorwärts!«, sagte er ungnädig.

Ich stolperte um die Ecke des Flurs und knallte voll mit Piwi zusammen. Hätte er mich nicht festgehalten, wäre ich bestimmt zu Boden gegangen.

Piwi! Der Himmel hatte ihn geschickt! Ich ließ mich in seine Arme fallen. Wenn er mich weiter festhielt, war ich sicher vor Rumpelstilzchen. Und wenn es mir gelang, ihm zu erzählen, was vorgefallen war, würde er mir bestimmt Glauben schenken. Schließlich musste ja auch ihm aufgefallen sein, dass sich meine Fliegenzucht trotz intensiver Pflege außerordentlich schlecht entwickelte.

»Vanessa!«, keuchte ich. »Ich habe Vanessa dabei erwischt, wie sie meine Fliegen freigelassen hat!«

»Unfug«, schnaubte Rumpelstilzchen! »Alles Unfug! Mila will nur davon ablenken, dass sie sich wieder einmal völlig danebenbenommen hat! Eine Gymnasiastin, die sich prügelt! Ich brauche Ihnen wohl nicht zu sagen, junger Kollege, dass ich ein solches Benehmen nicht durchgehen lassen kann.«

Ich sah Piwi flehend an! Glaub ihm nicht, dachte ich dabei. Glaub ihm nicht, er kann mich nur nicht leiden. Aber du kannst mich leiden, du musst doch wissen, dass ich die Wahrheit sage! Halt mich fest, bitte, bitte halt mich weiter fest.

Piwi ließ mich los. Klar, er konnte mich ja nicht ewig festhalten. Außerdem klingelte es gerade zum Ende der Pause und die Schüler strömten in die Klassen. Um uns begann sich ein Grüppchen Neugieriger zu bilden.

»Wo wollen Sie denn mit ihr hin?«, fragte Piwi.

»Zum Direx«, sagte ich, noch bevor Rumpelstilzchen antworten konnte.

»Herr Kollege«, wandte Piwi sich außerordentlich höflich an Rumpelstilzchen. »Da es sich um zwei Schülerinnen meines Projekts handelt, würde ich die Sache gerne zunächst einmal selbst mit ihnen klären. Ich bin Ihnen für ihr Eingreifen sehr dankbar und teile auch Ihre Meinung, was tätliche Auseinandersetzungen in der Schule angeht. Aber wie gesagt, ich würde das gerne erst selber klären.«

Himmel, der redete ja wie ein Wanderprediger. Ob das was bringen würde? Er kannte meinen Mathelehrer nicht.

Rumpelstilzchen sah Piwi an, als würde er ihm die Krätze an den Hals wünschen. Aber da ihm offenbar keine passende Entgegnung einfiel, knurrte er ein widerwilliges: »Wenn Sie nichts anderes zu tun haben …«, und ging mit sichtbar unterdrücktem Grimm in Richtung Lehrerzimmer davon.

Ich konnte mittlerweile die Tränen der Wut nicht mehr zurückhalten. Ich war total sauer darüber, wie Rumpelstilzchen mich behandelt hatte. Außerdem war ich Piwi zwar dankbar für seine Unterstützung, schämte mich aber zugleich wieder über meinen Brief, den er inzwischen bestimmt gelesen hatte. Ich schielte ihn von der Seite an, als wir gemeinsam zur Klasse gingen. Er ließ sich nichts anmerken und ich schöpfte Hoffnung, dass mein Inkognito nicht aufgeflogen war. Noch mal würde ich so eine Aktion bestimmt nicht machen, und wenn ich noch so sehr für ihn schwärmte. Es war einfach zu peinlich!

»Was war denn nun eigentlich los?«, fragte er auf dem Weg zur Klasse und ich erzählte ihm, was Markus und ich gesehen hatten. Er wurde sehr nachdenklich.

»Vanessa stellt sich gerne in den Mittelpunkt, nicht wahr?«, meinte er dann unvermittelt. Weil ich nicht wusste, was ich auf diese treffende Feststellung sagen sollte, schwieg ich.

»Es ist mir schon verschiedentlich aufgefallen. Ein intelligentes, aber tendenziell sehr zickiges Mädchen.«

Nun, wenn er meinte ... wo er Recht hatte, hatte er Recht.

Der Unterricht hatte bereits begonnen, und als wir gemeinsam durch den stillen Flur gingen, fügte er tröstend hinzu: »Das kriegen wir schon hin. Mach dir mal keine Sorgen. Am nächsten Projekttag werden wir das gemeinsam mit Vanessa klären.«

Ich schniefte nur, denn noch immer liefen mir die Tränen über das Gesicht.

Als wir an den Toiletten vorbeikamen, sagte er: »Geh, mach dich ein bisschen frisch. Muss ja nicht jeder sehen, dass es Ärger gegeben hat. Komm dann nach, wenn du dich beruhigt hast. Ich geh schon mal in die Klasse.«

Nein, wie rücksichtsvoll. Ich lächelte ihn dankbar durch meinen Tränenschleier an, dann verdrückte ich mich schnell in die Toilette.

Im Spiegel sah ich dann erst das ganze Ausmaß des Elends in meinem Gesicht. Nee, so konnte ich wirklich nicht in die Klasse gehen.

Ach, Piwi. Wie sensibel, wie rücksichtsvoll, wie fürsorglich!!! Meine Dankbarkeit kannte wirklich keine Grenzen.

Ich drehte den Wasserhahn voll auf und klatschte mir mehrere Ladungen kaltes Wassers ins Gesicht.

Bald fühlte ich mich frischer und mein Selbstbewusstsein stieg auch wieder. Von dieser dusseligen

Zicke würde ich mich nicht fertig machen lassen. Und eins war ziemlich klar, auch wenn sie sich noch so an Piwi ranschleimte, er stand nicht auf sie, sonst hätte er sie ja kaum »zickig« genannt! Und das freute mich doch sehr.

Kapitel 7
Mamas neuer Lover

Als ich nach Hause kam, roch es seltsam im Flur. Ich legte Jacke und Schulsachen ab und schnupperte mich an dem befremdlichen Duft entlang in die Küche. Dort stand Mama in ziemlich aufgelöstem Zustand hoch erhitzt am Herd und rührte in mehreren Töpfen gleichzeitig.

»Was ist denn in dich gefahren?«, fragte ich völlig verständnislos, denn wann sie zuletzt gekocht hatte, hätte ich im Kalender nachschlagen müssen, so lange war es her, und es kam so selten vor, dass ich es beim letzten Mal bestimmt rot angekreuzt hatte.

»Ich koche«, antwortete Mama und ließ sich in ihren Umtrieben ansonsten nicht stören.

»Das wäre aber nicht nötig gewesen«, sagte ich und blieb fasziniert im Türrahmen stehen. »Was wird es denn, wenn es fertig ist?«

»Eine chinesische Reistafel.«

»Chinesisch?!!!« Das haute mich aber doch um. »Deswegen riecht es hier so seltsam. Hast du den ganzen Asia-Shop leer gekauft?«

Sie kicherte schulmädchenhaft. »Nicht ganz, aber beinahe!«

Ich sah zu, wie sie einen blässlichen Teig mit dem Nudelholz ausrollte, Quadrate ausschnitt, einen Löffel undefinierbares Kleingehacktes darauf packte und alles zu einer Art runden Ravioli zusammenpatschte.

»Und was wird das?«, konnte ich meine nun doch geweckte Neugier nicht mehr zurückhalten.

»Suppen-Wan-Tans. Kleine Teigtaschen mit Gemüsefüllung für eine echt chinesische Familiensuppe.«

»Familiensuppe? Ist das für uns beide nicht ein bisschen viel Aufwand?«

Mama ließ sich in der Produktion gefüllter Teigpäckchen nicht stören. »Wir kriegen heute Abend Besuch.«

Ich war alarmiert! »Besuch? Wir? Du meinst wohl, du kriegst Besuch! Dein neuer Lover?«

Mama wusch sich die Hände in der Spüle, trocknete sie sorgfältig ab und strich sich eine Haarsträhne aus der schwitzenden Stirn. »Nein, ja ... äh ...«, druckste sie herum, »... es ist schon Besuch für uns beide. Ich ... ich dachte, ich muss dich mal mit ihm bekannt machen ... das heißt ... eigentlich ist das ja gar nicht nötig ... aber andrerseits, also offiziell ... ich meine ... als meinen Freund kennst du ihn ja nicht, und darum sind wir der Ansicht, dass du und ich und er ... also, jedenfalls koche ich jetzt erst mal was Schönes für uns drei.«

Meine Güte! Was war denn mit ihr los? Da hatte sie sich aber einen abgebrochen. Lag ihr denn so viel an diesem Typ, dass sie mich da unbedingt mit reinziehen musste?

Das passte mir gar nicht. Ich hatte keinen Bock, mich in ihre Beziehungen einzumischen, jetzt, wo ich langsam anfing eigene zu haben, noch viel weniger als früher. Schließlich hatte es mit unserem stillschweigenden Übereinkommen bisher doch ganz gut geklappt.

Sollte sie womöglich von Torschlusspanik befallen sein und ernste Absichten mit dem Typ haben?

Sie schleppte ihn doch nicht ohne Grund ins Haus. Und diese Kocherei!!! Das war mehr als alarmierend! Das rief direkt ein gewisses Panikgefühl bei mir hervor. Sie konnte doch nicht allen Ernstes unsere gemütliche und wunderbare Zweisamkeit einer plötzlichen irrationalen Anwandlung opfern. Denn dass ihre offensichtliche Verliebtheit von vernünftiger Lebensplanung weit entfernt war und darum wie viele ihrer chaotischen Aktionen von vornherein zum Scheitern verurteilt war, musste jedem einigermaßen logisch denkenden Menschen transparent sein.

Vermutlich wieder mal viel Lärm um nichts!

Sie werkelte unverdrossen an ihrem Menü weiter.

Ein bisschen neugierig wurde ich auf den Typ nun doch. Was mochte das für ein Heros sein, der meine Mutter an den Herd trieb? Der musste ja eine geradezu magische Ausstrahlung besitzen. Ob er Chinese war?

»Ist er Chinese?«

Sie lachte und säbelte Schweinefilet in feine Streifen. »Nein, wieso?«

»Na ja, hätte ja sein können, dass du Heimatgefühle mit deiner Kocherei bei ihm wecken wolltest. Das soll Männer ja manchmal völlig umwerfen.«

»Von wem hast du diese erstaunliche Weisheit?«

»Von Kati. Ihre Mutter ist eine begnadete Köchin ...«

»Und Männerumwerferin?«

Ich schüttelte bei Mamas frechem Einwurf lachend den Kopf. Nein, das war Katis rehäugige Mutter wohl eher nicht, obwohl sie Florian mit ihren Kochkünsten schwer beeindruckt hatte. Auf der letzten Karte, die er Kati geschickt hatte, stand ein Gruß an ihre Mutter von ihm, mit dem er sich noch mal für das köstliche Essen bedankte. Na ja, Florian!

»Kannst du mal die Spinatblätter waschen?« Mama drückte mir ein Sieb mit einem Häufchen Blattspinat in die Hand.

Ich stellte es unter die Küchenbrause. Ziemlich viel Sand wurde abgespült. »Wofür ist der?«

»Der kommt in die Wan-Tan-Suppe, als Garnierung.«

Aha. Ich schleuderte die Blätter trocken und kippte sie auf ein Brett mit Küchenpapier.

»Sehr schön«, seufzte Mama zufrieden und jonglierte mit einem Brathähnchen und einer Flasche Sojasauce.

»Chiang-yu-chi«, las sie laut aus ihrem Kochbuch vor. »In Sojasauce geschmortes Huhn.«

Klang irgendwie undramatisch.

»Hast du nichts Spektakuläreres?«, neckte ich sie. »Gockel goldene Galeere in Lychee-Sud süß-sauer zum Beispiel!«

In irgendeinem Topf brodelte es heftig, denn der Deckel begann zu klappern. Offenbar zu früh, denn Mama hob ihn hoch, ließ ihn mit einem »Autsch, heiß!« wieder auf den Topf scheppern und sagte zu mir in leicht gereiztem Tonfall: »Ach, lass mich mal besser alleine jetzt, ich muss mich konzentrieren. Kannst den Tisch decken, wenn du willst. Ich hab so allerlei chinesisches Geschirr besorgt, stell's doch mal hübsch hin. Den Wok in die Mitte, ich will das Schweinefilet frisch bei Tisch zubereiten«

Tatsächlich stand in der Essecke im Wohnzimmer eine riesige Tüte mit einer perfekten Dinnerausstattung.

»Welches Chinarestaurant hat denn Pleite gemacht?«, rief ich in die Küche, denn den Kram konnte sie doch nur bei einer Schließungsauktion ersteigert haben. Sogar ein Bündel lackierte Essstäbchen war dabei.

»Sollen wir etwa mit Stäbchen essen?«

»Warum nicht«, rief sie zurück. »Leg sie auf jeden Fall mal hin. Das wirkt stilecht!«

Stilecht! Himmel, musste sie verliebt sein, wenn sie sich so in Unkosten stürzte und sogar noch auf Stil achtete.

Langsam wurde mir doch unheimlich. Der Typ schien ja eine echte Bedrohung für mich zu werden. Da musste ich mir schleunigst etwas einfallen lassen. Missmutig ordnete ich Schälchen, Wok mit Rechaud und Stäbchen auf dem weiß gedeckten Tisch an.

Eigentlich hatte ich mich ja rechtzeitig, bevor sie ihn anschleppte, absetzen wollen. Kino oder bei Kati ein bisschen Tarotkarten legen und Kristallkugel gucken, das war immer ganz ablenkend. Aber inzwischen wurde mir die Sache zu brenzlig. Mamas Engagement war zu außergewöhnlich, als dass ich sie mit diesem Typ alleine lassen konnte. Ich musste die Situation unter Kontrolle behalten. Das hieß, ich musste wohl oder übel ins süß-saure Hähnchen beißen. Wenn es kritisch wurde, konnte ich mich immer noch so danebenbenehmen, dass der Typ unser Haus nie wieder betreten würde. Diese Methode hatte ich zwar zuletzt im zarten Alter von sieben Jahren angewendet, aber ich hatte keine Hemmungen, auch jetzt noch davon Gebrauch zu machen. Nichts verscheuchte Liebhaber allein erziehender Mütter schneller als ein zickiges Kind!!! Egal ob im Trotzalter oder in der Pubertät. Zickig zog immer!!! Was man ja an Vanessas leuchtendem Vorbild sah. Um die machte doch jedes männliche Wesen inzwischen einen riesengroßen Bogen.

Der Tisch war gedeckt. Ich schlenderte wieder zur Küche. »Also gut«, sagte ich in gnädigem Tonfall, »ich schau mir deine neueste Eroberung mal an. Ich bleibe zum Essen.«

Hätte ich geahnt, was ich mir damit antat, ich hätte schnellstens Reißaus genommen. So aber setzte ich mich nichts Böses ahnend an meine restlichen Hausaufgaben.

Rumpelstilzchen verlangte Potenzrechnung und Piwi hatte uns ein Gedicht zur Interpretation aufgegeben.

Ich kramte die Kopie heraus, auf die ich bisher noch keinen Blick verschwendet hatte, und las:

Dass du mich liebst, das wusst' ich,
Ich hatt' es längst entdeckt;
Doch als du mir's gestanden,
Hat es mich tief erschreckt.

Ach, du entblättertes Gänseblümchen! Was war denn das? Ein Liebesgedicht von Piwi?! Ich konnte nicht verhindern, dass mir plötzlich verdammt heiß wurde und meine Hände, die den Zettel hielten, ein unkontrolliertes Zittern befiel.

Das konnte doch kein Zufall sein!

Vorgestern hatte ich ihm meinen Liebesbrief geschickt und heute gab er uns so ein Gedicht! *Als du mir's gestanden … tief erschreckt …* Das konnte doch nur als Antwort für mich bestimmt sein. Das war doch bestimmt kein Pflichtstoff für die achte Klasse. Ich sah nach dem Verfasser. Heinrich Heine. Schrieb der überhaupt Balladen?

»Mama!«, brüllte ich in Richtung Küche. »Ist Heinrich Heine ein Balladendichter?« Immerhin war sie ja ein Quiz-Ass, vielleicht wusste sie es.

»Was ist mit Heine?«, rief sie zurück.

»Hat der Balladen gedichtet?«

»Balladen? Wie kommst du denn jetzt darauf?«

Ich schlenderte zur Küche. Mama sah irgendwie nicht ganz richtig am Platz aus. Vielleicht hätte sie wenigstens eine Schürze vor ihre Edeljeans binden sollen. Und ob schwarze Kaschmirpullis Küchendünste abkonnten, bezweifelte ich doch sehr. Ein baumwollenes Karoblüschen und 'ne derbe Levis wären da wohl eher angebracht gewesen. Aber in so was kleidete meine Mutter sich, seit sie die dreißig überschritten hatte, nicht mehr. »Eine Geschäftsfrau muss sich stilvoll kleiden«, war ihre Meinung. Na, auf den Typ war ich ja gespannt, der auf ihre stilvolle Larve abfuhr!

Aber jetzt hatte ich erst mal anderes im Kopf: Piwis Liebesgedicht.

»Heinrich Heine«, wiederholte ich meine Frage. »Hat er Balladen geschrieben?« War ja schließlich wichtig zu wissen, ob ein solches Gedicht unterrichtlich legitimiert war.

Es war. Jedenfalls ganz lose.

»Hat er. Mindestens eine. Von der Loreley. Die sitzt auf einem Felsen am Rhein und kämmt ihr goldenes Haar und singt und lockt damit arme, verblendete Fischer in den Tod. Hatte ich mal in der Schule.«

Mama rührte irgendeine Paste an.

»Man kann's auch singen.« Und ohne Rücksicht auf mein verfeinertes Gehör trällerte sie: »… das ha-hat mi-hit ih-hihrem Siii-hingen die Lohoreleihei getan ...«

Ich flüchtete in mein Zimmer zurück. Na gut, Heine ließ sich also noch als Lehrstoff vertreten – aber dieses Liebesgedicht? Bestimmt hätte er eigentlich die Loreley nehmen müssen und nur, weil er seiner unbekannten Verehrerin, also mir, ein Zeichen geben wollte, hatte er ein Liebesgedicht gewählt. Es konnte nicht anders sein.

Mein Liebesgeständnis hatte ihn tief erschreckt. Ach, der Arme!

Ich las weiter.

Ich stieg wohl auf die Berge
Und jubelte und sang;
Ich ging ans Meer und weinte
Beim Sonnenuntergang.

Schrill, war ja total romantisch, fast schon ein bisschen kitschig. Wo ich mich doch so bemüht hatte, nicht so zu sülzen. Na ja, einem berühmten deutschen Dichter musste man das wohl nachsehen. Aber die letzte Strophe war auch nicht gerade von allererster Güte.

»Mein Herz ist wie die Sonne
So flammend anzusehn,
Und in ein Meer von Liebe
Versinkt es groß und schön.«

Heavy! So was kannte ich bisher nur aus der *Bravo girl*.

Mal sehen, was hatte Piwi unten druntergeschrieben? ›Heine verfasste dieses Gedicht zusammen mit fünfzehn anderen Gedichten anlässlich eines Seeaufenthaltes in Dieppe, Frankreich, im Sommer 1832«.

Da musste es den Guten ja ganz schön erwischt haben, wenn ihm bei einem Urlaubsflirt derartig pompöse Bilder gekommen waren!

Ich begann an meinem Kuli zu kauen. Was sollte ich denn jetzt interpretierenderweise dazu schreiben? Für mich war die ganze Sache klar. Piwi hatte meinen Liebesbrief bekommen und wollte seine unbekannte Verehrerin unauffällig wissen lassen, dass es ihn zwar zunächst erschreckt hatte, dass es ihn dann aber wahnsinnig glücklich gemacht hatte, dass er wie Heine fühlte und in einem wunderbaren Meer von Liebe versank. Das konnte ich nun zwar als Hausaufgabe nicht schreiben, aber genau das hatte ich mit meinem Brief erreichen wollen!

Pah, schnöde SMS-Botschaften, die er mit Vanessa über belanglosen Schulkram austauschte! Das brauchte ich nicht! Auf diesem Niveau konnte er getrost mit ihr herum-»ess-em-essen«. Ich korrespondierte mit ihm auf einer höheren geistigen Ebene, von mir fühlte er sich geliebt. Zu Recht natürlich.

Irgendwann, wenn ich den Schleier meiner Anonymität für ihn lüften würde, würde auch er mich lieben!

Ich sprang auf und lief in den Garten, rupfte ein paar Blumen ab und trug sie summend ins Esszimmer, um den Tisch damit zu dekorieren. Ich hätte die ganze Welt umarmen können!

Das du mich liebst, das wusst' ich,
Ich hatt' es längst entdeckt …

Was für ein wunderbarer Weg, auf meinen Brief zu antworten. Er hatte mich zum glücklichsten Mädchen der Welt gemacht.

Und weil das so war, war ich auch bereit, meiner Mutter ein bisschen Glück zu gönnen. Vielleicht war der Typ ja wirklich ganz nett und was war schon dabei, wenn ich zum Essen blieb und ein bisschen wohlerzogene Tochter spielte?

Mila konnte auch mal großzügig sein!

Ich wäre besser weniger großzügig gewesen. Dann wäre mir manches erspart geblieben. Jedenfalls vorerst! Aber so nahm das Schicksal seinen Lauf.

Mama hatte ihre Vorbereitungen abgeschlossen und befand sich noch im Badezimmer, um ihr etwas derangiertes Aussehen zu richten, als es klingelte.

»Mila, kannst du mal öffnen!«, rief sie von oben.

Na gut, konnte ich ja mal machen.

Ich schob die Deutschsachen zusammen und ging zur Tür. Da war ich jetzt aber wirklich gespannt, wen Mama so aufwändig bekochte.

Ich öffnete die Tür.

»Immer …« – hereinspaziert, wollte ich sagen, aber die Aufforderung blieb mir im Halse stecken. Nein, dachte ich, nein, das ist nicht wahr! Gesegnete Himmelsmacht, das tust du mir nicht an! Lass es nicht wahr sein! Aber die himmlischen Mächte hatten wohl bereits gewürfelt und die Entscheidung war gefallen. Ich musste die freundlich grinsende Kröte auf unserer Türschwelle schlucken.

»Hallo«, sagte Piwi in mein sprachloses Entsetzen hinein, »darf ich reinkommen? Deine Mutter hat mich eingeladen.«

Er war es! Seine letzten Worte ließen keine Zweifel offen. Er war gekommen, weil meine Mutter ihn eingeladen hatte.

Er ließ sich von ihr mit chinesischem Essen verwöhnen, während er gleichzeitig in meiner Liebe schwamm! Ich krieg 'ne Krise, dachte ich! Ich springe vom Hochhaus!

Und wie ich ihn noch anstarrte und keines Wortes mächtig war, verschleierten mir Tränen der Trauer und der ohnmächtigen Wut den Blick auf ihn. Sein markantes, wie immer schlecht rasiertes Gesicht verschwamm vor meinen Augen, und als er einen Schritt auf mich zumachte, stürzte ich halb blind an ihm vorbei nach draußen, die kleine Eingangstreppe hinunter zur Garage. Ich schnappte mir ohne lange Überlegung das Fahrrad, das dort an der Mauer lehnte, schwang mich auf den Sattel und radelte davon. Irgendwohin. Egal wohin. Nur fort, fort, weit, weit fort von dieser entsetzlichen Situation, dieser drittklassigen, peinlichen Inszenierung der Schicksalsmächte!

Schlimmer konnte es ja selbst in einer Soap nicht kommen! Was für ein absolut unmöglicher Plot!

Das konnte es doch nicht wirklich geben, dass meine Mutter sich mit einem meiner Lehrer verabredete, und dann noch ausgerechnet mit dem Lehrer, in den ich schon seit Wochen rettungslos verliebt war und der gerade eben durch ein Gedicht auf meinen Liebesbrief geantwortet hatte! Wo war es, das Meer, in das ich beim Sonnenuntergang meine Tränen tropfen lassen konnte?!!!

Halb blind fuhr ich am Sportplatz vorbei in Richtung Baggersee.

»He, du doofe Tussi, pass auf, wohin du fährst!«, bratzte mich ein verwaschen aussehender Knabe im Fußballerdress an, als ich ihn leicht touchierte.

Meine Güte, musste er denn auch auf dem Radweg langlatschen!

Am Seeufer warf ich das Rad ins Gras und ließ mich heulend daneben nieder. Ich konnte gar nichts mehr denken, nur diese blöden Gedichtzeilen spukten mir im Kopf herum.

Dass du mich liebst, das wusst' ich … ja, ja, wenn du es wusstest, wie konntest du dich dann mit meiner Mutter einlassen, du – du Bigamist! *Doch als du mir's gestanden, hat es mich tief erschreckt.* Klar, völlig klar! Was meinste, was es mich hat!

Alle meine Freundinnen haben mich für verrückt erklärt und mir abgeraten und irgendwie haben sie ja auch Recht gehabt, eine Schülerin und ein Lehrer, selbst wenn er nur ein Referendar ist, das geht doch nicht, da muss einer ja erschrecken. Aber das Herz, da kann doch einer nichts gegen machen, wenn das ganze Herz in Flammen steht. Das sagt doch sogar der Heine, da muss man einfach versinken in einem Meer von Liebe!

Ich warf mich lang auf den Rasen, legte meinen Kopf auf die verschränkten Arme und weinte und weinte.

Irgendwann hatte ich keine Tränen mehr und mein Herz fühlte sich an wie ein ausgewrungener Schwamm. Alle Gefühle waren futsch, weggespült mit den Tränen.

Ich geh ins Wasser, dachte ich. Ich stehe einfach auf und gehe ganz langsam in den See. Dabei werde ich singen: … das ha-hat mit seiner Gemeinheit der Piwi mir a-hangetan …

Die Sonne ging unter. Ich lag auf der Wiese. Es wurde dämmrig. Kühler Nebel stieg aus dem Boden auf. Er prickelte mit feinen Tröpfchen auf meiner Haut. Das Gras wurde feucht.

Ich bleibe jetzt hier liegen, bis ich vermodert bin, dachte ich. Es geschieht ihnen ganz recht. Meiner herzlosen Mutter, die all die Jahre prächtig ohne

Mann ausgekommen war und nun ihre Griffel ausgerechnet nach meinem Lehrer ausstrecken musste! Und diesem gemeinen Piwi, der mich mit seinem ganz und gar unlehrermäßigem Charme so lange verwirrt hatte, bis ich ihm rettungslos verfallen war!

Was hatte ich nicht alles für ihn getan. Sogar mit dieser dämlichen Vanessa zusammen Fliegen für ihn gezüchtet!

Und wie dankte er es mir?

Er warf sich an meine Mutter ran. Wahrscheinlich nur, weil sie ihre Jeans stilvoller trug als ich und einen Sportwagen fuhr, während ich noch nicht mal einen Führerschein hatte und in absehbarer Zeit auch keinen kriegen würde.

Nein, es geschah ihnen recht. Wenn sie denn ihr Glück auf meinem Unglück aufbauen wollten – okay, okay! Ich jedenfalls würde jetzt ins Gras beißen!

Bäh, schmeckte nicht! Ich spuckte den feuchten Stängel aus. Das Handy klingelte! Sollte es doch! Ich strafte es mit Nichtachtung.

Ganz plötzlich wandelte mich ein realistischer Impuls an. Zwischen all meinem Schmerz und meiner Wut blitzte ein Fünkchen gesunder Menschenverstand auf.

Wer war ich eigentlich! Es war ja schlimm genug, dass sich erwachsene Menschen so aufführten, ich jedenfalls würde mich nicht so lächerlich machen. Sollte Piwi sich doch mit ihr an den Nordseestrand hocken und ins Meer weinen!

Was mich anbetraf, so waren wir geschiedene Leute!

Aus seiner Jugend-forscht-AG konnte er mich auch streichen. Meine Fliegen hatten ohnehin dank

Vanessas Sabotage bis auf geringe Restbestände die Fliege gemacht.

Erst Vanessa SMSse schicken und dann mit meiner Mutter bei Kerzenlicht chinesisch essen. Nee, was zu viel ist, ist zu viel!

Ich wollte ihn nie, nie, nie mehr wiedersehen! Konnte Frau Kempinski nicht endlich zurückkommen? Allmählich musste ihr Baby doch genug Muttermilch geschlürft haben.

Vielleicht konnte ich ja die Schule wechseln. Gab ja noch ein paar andere Gymnasien in unserer Stadt, welche ohne Piwis. Am besten nahm ich eins mit angeschlossenem Internat. Denn nach Hause würden mich keine zehn Pferde mehr kriegen.

Pferde! Ach je, morgen sollte ja auch noch unser Ausflug zum Reiterhof von Markus stattfinden. Ohne mich.

Ich stand auf und nahm mein Fahrrad. Was sollte ich jetzt bloß tun?

Mein Handy begann erneut zu dudeln. Ich wollte es jetzt nicht beantworten. Das konnte nur Mama sein. Sie machte sich bestimmt Sorgen, weil ich einfach so abgehauen war. Geschah ihr recht. Sollte sie sich doch Sorgen machen!

Ich schob das Fahrrad neben mir her. Das Handy piepte. Jemand hatte mir eine SMS geschickt.

Na gut, die konnte ich ja mal lesen. Ich blieb stehen und fummelte das Handy vom Gürtel.

Klar, war von Mama: *Wo steckst du, Mila? Melde dich bitte, mache mir Sorgen. Pit auch.*

Püh! Pit auch! Sie nannte ihn also schon Pit! Klar, hätte ich mir beim fortgeschrittenen Stand des Candlelight-Dinners ja denken können.

Etwas stach in meinem Herzen. Ich kriege einen Infarkt, schoss es mir durch den Kopf. Ich kriege einen Herzinfarkt. Jetzt hier auf der Stelle. Ich falle tot um und sie weinen sich an meinem Grab die Augen aus.

Der Stich ließ nach.

Ich will aber nicht weiterleben!!! Ich will jetzt tot umfallen! Verdammt noch mal! Es wäre alles so viel einfacher. Und ich malte mir aus, wie grauenvoll mein zukünftiges Leben aussehen würde, wenn ich dieses Drama lebend überstehen sollte.

Es war dunkel und das Licht an meinem Rad funktionierte nicht. Da hing ich nun einsam und verlassen auf der Straße – keine Heimat mehr. Mich fröstelte. Keine warme Suppe, die auf mich wartete, denn so erniedrigen würde ich mich nicht, meine Mutter um ein Schälchen Wan-Tan-Bräu anzubetteln. Kein warmes Zimmer, kein Bett, denn ich würde lieber mein kaltes Lager unter einer Brücke oder auf einer Parkbank aufschlagen, als in dieses Haus zurückzukehren, in dem er mit ihr chinesisch gespeist hatte, während die Trümmer meiner Liebe wie die Titanic in einem Meer von Tränen versanken.

Mich schauderte. Wenn mich jemand unter der Brücke aufstöberte oder auf der Parkbank entdeckte und mir sein kaltes Messer an die Kehle setzte, um mich schnöde und hinterrücks zu ermorden … auch gut! Es war ganz allein ihre Schuld!

Andrerseits? Vielleicht konnte ich ja auch vorübergehend bei einer meiner Freundinnen unterschlüpfen. Bei Kati zum Beispiel. Immerhin hatte ich ihr ja auch Asyl gewährt, als sie vor Florians Nachstellungen fliehen musste.

Sie hatte zwar immer noch kein Handy, aber sicher war sie zu Hause und ich konnte sie über das gute alte Telefon erreichen. Ich rief ihre Nummer auf und wenig später stand die Verbindung.

»Kann ich heute bei dir übernachten?«, fragte ich ohne lange Umschweife.

»Gibt's einen bestimmten Anlass?«, wollte sie wissen.

»Hm, ja, meine Mutter hat einen Freund zu Besuch.«

Das reichte.

»Ist klar«, sagte sie darum nur. »Ich frag aber eben noch mal Felix, ob sie etwas dagegen hat.«

Hatte Felix – Katis Mutter – nicht und so schwang ich mich auf meinen unbeleuchteten Drahtesel und radelte vorsichtig zu Kati.

Sie empfing mich mit einem dampfenden Yogi-Tee.

»Wie siehst du denn aus?«, stieß sie bei meinem Anblick entsetzt hervor und schob mich, ehe ihre Mutter mich sehen konnte, ins Bad.

»Wasch dich erst mal, dann kannst du mir erzählen, was los war.«

Ich sah in den Spiegel und kriegte fast einen Schlag. Meine Augen waren rot gerändert und im Gesicht klebten mir Dreck und Gras. Zombie, schoss es mir durch den Kopf, ich bin ein Zombie geworden. Und ich fühlte mich für einen Augenblick auch ausgesprochen untot.

Dann kam Kati und drückte mir Waschlappen und Handtuch in die Hand.

Ich beendete den Reinigungs- und Erfrischungsprozess und sie zog mich in ihr Zimmer.

»Zieh die Jeans aus und das T-Shirt auch. Die sind ja völlig nass, die Sachen! Bist du wieder in einen Teich gefallen?«

Ich streifte die Klamotten ab und schüttelte den Kopf. »Nee, im Meer der Liebe versunken!«

Sie sah mich verständnislos an. Wie zu erwarten.

»Haste denn unsere Hausaufgabe nicht gemacht?«, fragte ich.

»Hausaufgabe?«

»Na, dieses Sülzgedicht von Heine.«

Sie lachte. »Ach, das. Ich finde es süß. Ich hab's grade für Florian abgeschrieben.«

Wenn es mir die Höflichkeit nicht verboten hätte, ich hätte geschrien. So aber zog ich es vor zu schweigen, wickelte mich in Katis weiten Bademantel, fläzte mich auf eines ihrer indischen Kissen und trank in kleinen Schlucken den Yogi-Tee. Wenigstens quetschte Kati mich nicht gleich aus.

»Soll ich dir die Karten legen?«, fragte sie stattdessen.

»Mach nur«, sagte ich ergeben. Heute würden mich weder Tod noch Teufel noch der Gehängte erschrecken. »Ich wette, du legst mir die Liebenden in die Zukunft.«

Und so war es auch.

Meine verehrte Schicksalsgöttin, dachte ich, entschuldige die direkte Ansprache, aber du gestattest, dass ich laut lache. Einmal wenigstens!

Meine Einsamkeit war groß. Meine Aussichten waren trübe und ich hasste mein Leben. Einmal hatte ich die schützende Distanz zu meinen Mitmenschen aufgegeben, wider besseres Wissen, hatte einem männlichen Wesen meine tiefsten Gefühle gestanden und schon musste es in einem solchen Desaster enden! Ich konnte Piwi nie wieder unter die Augen treten! Und Mama natürlich auch nicht.

Klar, ich hatte ihr erzählt, dass ich Piwi toll fand, aber natürlich nicht, dass ich ihn liebte. Dass ich sie in der Sauna mal über ihren Tanzlehrer ausgequetscht hatte, brachte sie mit ihm bestimmt nicht in Verbindung. Kam ja auch so spontan niemand drauf, dass sich eine Vierzehnjährige in einen fast dreißigjährigen Lehrer verknallt.

Wie lange das wohl schon ging mit ihnen? Die Haare hatte sie ihm geschnitten! Das war doch schon mindestens einen Monat her!

Ein ganz und gar entsetzlicher Gedanke kam mir in den Sinn: War er vielleicht nur deswegen so besonders nett zu mir gewesen, weil er mit ihr etwas anfangen wollte? Hatte er nie eigentlich mich gemeint, sondern in mir immer nur die Tochter der Mutter gesehen, mit der Mann sich gut stellen musste, wenn er an die Mutter ranwollte? Was für eine fiese, miese, typisch männliche Masche. Die hatte ich zudem schon zur Genüge im frühesten Kindesalter kennen gelernt. Schokolade und Spielzeug für die Kleine und einen Ausflug in den Erlebnispark und Kinokarten und Eis und, und, und … Was hatte ich nicht schon alles von den Typen eingesackt, nur damit ich sie mit meiner Mama spielen ließ!!! Einschleimen wollten sie sich damit bei mir, nichts weiter. Ich selbst war ihnen doch schnurzegal. Der Gedanke, dass Piwi genauso war, trieb mir wieder die Tränen in die Augen.

Ich hatte die ganze Nacht kaum geschlafen. Erst hatte Kati versucht mich abzulenken, aber dann wollte sie schließlich doch wissen, was eigentlich Dramatisches passiert war.

»Also, komm schon rüber mit der Kunde«, sagte sie gegen Mitternacht. »Ich bin hundemüde und morgen ist doch der Schulausflug. Da möchte ich eigentlich ausgeschlafen sein. Was ist so schlimm an diesem neuen Freund deiner Mutter?«

Ich holte tief Luft. Okay, sollte sie es halt wissen.

»Er ist unser Lehrer«, sagte ich mit nahezu tonloser Stimme.

»Doch nicht Rumpelstilzchen?« Kati nannte das Grauen beim einzigen Namen, der ihrer Meinung nach meinen Zustand rechtfertigte.

Ich schüttelte den Kopf. »Es ist Pit Winter!«

»Nein!« Die Überraschung war perfekt. »Das ist ja groovy!«

Ich starrte Kati an. Die schien sich ja direkt darüber zu freuen!

Geradezu begeistert rief sie: »Wie toll! Du bist wirklich zu beneiden. Meinst du, das wird echt was mit den beiden?«

Meine Verwirrung war komplett. Kein bisschen Mitleid, kein Bedauern, keine Skepsis, keine Vorbehalte ... nur eitel Freude. Ich fasste es nicht.

»Du – du findest es nicht etwas seltsam?«, fragte ich vorsichtig.

»Seltsam? Wieso seltsam? Es ... es ist schon etwas ungewöhnlich, aber absolut hip. Wo du ihn doch auch so toll findest.«

Tja, eben. Es war klar, dass sie offenbar nie auf den Gedanken gekommen war, dass ich für Piwi etwas mehr empfand. Mehr jedenfalls, als durch das Wort »toll« beschrieben wurde.

Aber ich liebe ihn!, hätte ich ihr am liebsten ins Gesicht geschrien. Du hast ja überhaupt keine Ahnung! Vor deinen Augen spielt sich eine Tragödie antiken Ausmaßes ab und du bemerkst es nicht einmal! Ich liebe den Lover meiner Mutter! Und er ist auch noch mein Lehrer! Hast du denn überhaupt kein bisschen emotionales Fingerspitzengefühl!? Ich stehe kurz davor, ins Wasser zu gehen oder den Giftbecher auszuschlürfen oder die Phiole oder vom Hochhaus zu springen ... irgendwas in der Art eben, was mich aus dieser absolut unmöglichen Situation befreit … und du? Ich starrte Kati an, die jedoch die Situation überhaupt nicht unmöglich fand und darum auch nicht die mindeste Dramatik an dem ganzen Schlamassel erkannte. Vor allem verstand sie überhaupt nicht, warum ich nicht mit den beiden gegessen hatte und warum ich am nächsten Morgen nicht mit auf den Ausflug wollte.

»Ich werde mich krank melden«, sagte ich seufzend. Denn wie konnte ich ihm in die Augen sehen, nach dem, was geschehen war.

»Warum das denn? Das finde ich aber nun gar nicht gut! Wir haben uns doch so darauf gefreut. Bist du gar nicht neugierig auf den Hof von Markus?«

Ich? Neugierig auf Markus' Hof? Der ging mir doch sonst wo vorbei! Das heißt, eigentlich ja nicht. Die letzten Tage war ich schon ein bisschen neugierig auf seine Lebensumstände geworden. Immerhin hatte er mich durch erstaunliche und ungeahnte Charakterzüge verblüfft. Und schließlich hatten wir gerade gemeinsam die Sabotage an unserem Fliegenversuch aufgedeckt. Er war wohl doch nicht so übel, wie ich mal gedacht hatte. Ein ganz brauchbarer Kumpel.

Aber was zählte das in einem Moment, wo ich auf die Trümmer meiner ersten Liebe starrte!

»Schlaf jetzt erst mal drüber«, riet Kati mir und holte mir ein indisches Nachtgewand aus ihrer Wäschetruhe. »Morgen sieht die Welt schon wieder ganz anders aus!«

Und das sah sie in der Tat.

Im Verlaufe der Nacht hatte ich mich schließlich doch zu einer kurzen SMS an meine Mutter durchgerungen – schließlich konnte sie am wenigsten für den Schlamassel – und war dann irgendwann, nachdem Katis leises Schnorcheln wohl eine Art hypnotische Wirkung entfaltet hatte, doch eingeschlafen.

Katis Mutter weckte uns am Morgen mit einem Tee, und als wir an den Frühstückstisch schlenderten, stand dort das köstlichste Frühstück, das ich in meinem Leben gesehen hatte. Selbst gebackene Brötchen, Körner aller Art, verschiedene Marmeladen, Eier, Käse, Joghurt, Quark … alles liebevoll dekoriert, so, wie es bei uns allenfalls mal zu einem Sonntagsbrunch der Fall war. Irgendwie ging da in mir die Sonne auf. *The bright side of life!* Wie viel befriedigender waren doch die einfachen Genüsse des Lebens! Und wie schön war es, sich ihnen hinzugeben, ohne an irgendwas anderes zu denken als an den samtigen Geschmack des warmen Kakaos auf der Zunge, das knackig frische Brötchen zwischen den Zähnen, das noch flüssige glänzende Eigelb auf dem Löffel, den Duft des frisch gebrühten Kaffees, der sich mit dem der alten Rosen in der englischen Vase mischte.

Ich war nicht fröhlich, nein, ganz gewiss nicht, aber mir war auch nicht mehr zum Heulen. Ich ließ mich treiben. Kati sorgte für alles und ihre unglaubliche Mutter bemutterte mich. Sie häuften mir Müsli in die Schüssel, schnitten mir Obst, schmierten Brötchen und stellten sogar den Salzstreuer zu meinem Ei. Katis Vater schenkte Kakao nach und schob mir ein Glas mit frisch gepresstem Orangensaft hin. Es war wie im Frühstückshimmel.

Dann rief Kati meine Mutter an und sagte ihr, was ich zum Anziehen brauchte, und Mama brachte es tatsächlich auf dem Weg zur Arbeit vorbei.

Als sie mir die Plastiktüte mit den Klamotten an

der Wohnungstür übergab, sah sie mich seltsam an. Irgendwie unsicher und fragend. Was mochten die beiden gestern über mich geredet haben?

Nein, ich konnte doch nicht mit auf diesen Ausflug. Ich würde ihm nicht in die Augen sehen können, ohne im Boden zu versinken!

Als hätte sie meine Gedanken erraten, sagte sie: »Fahr ruhig mit. Du brauchst dir wegen Pit keine Sorgen machen.« Und schuldbewusst fügte sie hinzu: »Denkst du wirklich, dass ich dich bei deinem Lehrer blamiere? Ich kann doch auch nichts dafür, dass ich mich in ihn verliebt habe.«

Ich riss ihr die Tüte aus der Hand, murmelte: »Passt schon …«, und schloss, um das Gespräch nicht unnötig zu verlängern, rasch die Tür.

Sie hatte nichts gecheckt, aber auch gar nichts.

Fast hätte ich mir das mit meiner Teilnahme doch wieder überlegt, aber Kati blieb hart und drohte damit, mir ihre Freundschaft aufzukündigen, wenn ich nicht allmählich lernte, Privates und Schulisches zu trennen, wie sie dramatisch sagte.

»Du glaubst doch nicht, dass Pit Winter sich in irgendeiner Weise anmerken lässt, dass er was mit deiner Mutter hat. Also! Wenn du dich normal benimmst, wird er es auch tun!«

Ich ergab mich in mein Schicksal.

Kapitel 8
Pferdekuss

Vor der Schule war dann so ein Gewusel und eine solche Hektik des Aufbruchs, dass ich Piwi kaum zu Gesicht bekam. Er warf mir nur einmal ein freundliches »Na, ausgeschlafen?« hin, auf das ich zum Glück nichts erwidern musste. Und als alle sich in den Bus gequetscht hatten, ging es auch schon los.

Ich hatte einen Fensterplatz ergattert und wollte gerade ein bisschen Schlaf nachholen und wieder eindösen, als Hanna sich zu mir setzte. Mir war klar, dass angesichts ihrer notorischen Neugierde nun an Nachholschlaf nicht mehr zu denken war.

»Du hast bei Kati übernachtet?«, leitete sie das Verhör ein.

Ich nickte.

»Was hat Kati da von deiner Mutter und Pit Winter erzählt?«

War sie noch zu retten?! Am besten lieh sie sich gleich das Bordmikrofon aus und machte es als offizielle Meldung bekannt!

»Geht's vielleicht noch lauter?!«, zischte ich sie heftig an.

»Oh, entschuldige«, lenkte sie aber gleich flüsternd ein. »Ich finde das ja so aufregend! Du bist echt ein Glückspilz!«

Ich? Ein Glückspilz? Da lag sie aber voll daneben. Von allen armseligen Kreaturen dieser Erde war ich die bemitleidenswerteste!

Irgendwie musste ihr das nun auch aufgefallen sein, denn sie sah mich eindringlich an, schüttelte den Kopf und sagte: »Aber irgendwie siehst du gar nicht glücklich aus. Stimmt was nicht mit den beiden?«

»Doch, doch … was soll nicht stimmen mit ihnen?«

»Aber du hast doch irgendwas, du machst nicht gerade den Eindruck, als ob du dich freust, dass deine Mutter mit Pit Winter zusammen ist. Dabei dachte ich immer, du stehst auf ihn.«

Wieder musste ich ihr ein »Psst!« zuzischen, denn Vanessa, die in der Bank neben uns saß, schielte mit ziemlich unverblümter Neugier zu uns rüber. Wenn die wüsste, dachte ich, der würden ihre Kuhaugen aus dem Kopf kullern!

»Lass uns später drüber reden«, sagte ich zu Hanna, denn aus einem unerfindlichen Grund stiegen mir nun doch wieder die Tränen in die Augen und irgendwas Würgendes schnürte mir die Kehle zu. Wenn es einen Ententeich bei Markus gab, würde ich vermutlich doch reinspringen! Quack!

Piwi, der vorne neben dem Fahrer saß, hatte sich nun das Mikrofon gekrallt und begrüßte uns. »Ich freue mich sehr, dass Markus sich so spontan bereit erklärt hat, uns auf dem Hof seines Vaters praktische Einblicke in unser Biologiethema ›Haustiere‹ zu vermitteln. Im Vordergrund wird natürlich die Pferdezucht und Pferdehaltung stehen. Wie Markus mir sagte, sind in den letzten Tagen zwei Fohlen geboren worden.«

»Wie süß!«, kreischte Vanessa durch den halben Bus, womit sie Piwis Blick direkt auf unsere Sitzreihe zog. Ich rutschte tief runter und verbarg mich hinter der Lehne meines Vordermannes.

Piwi sagte noch ein paar eher belanglose Sätze, bekam Beifall und dann schob der Busfahrer eine heiße Scheibe ein und die Jungen grölten gleich mit.

»Wenn wir ankommen, hab ich so 'ne Birne!«, stöhnte ich und deutete mit den Händen einen beachtlichen Schwellumfang meines Kopfes an.

Aber Hanna schien sich heute ebenfalls auf Teufel komm raus amüsieren zu wollen. Denn sie grinste nur und sagte: »Mädchen, was immer dich niederdrückt, schieb's von dir! Der Tag ist einfach zu schön, um durch irgendwelche niederen Sorgen ruiniert zu werden.«

Niedere Sorgen! Wie poetisch. Wo hatte sie das denn wieder geklaut? Das war doch nicht auf ihrem Mist gewachsen. Außerdem lag sie schief: Meine Sorgen waren nicht von niederer Art! Es waren ganz ausgesprochen hochwertige Sorgen, sie kreisten immerhin um Sein oder Nichtsein und damit um die zentrale Frage der Menschheit überhaupt: Stirbt das Leben, wenn die Liebe stirbt?

»Nur die Liebe lässt uns leben ... dam-dam ... Tage im hellen Sonnenschein ... dam-dam ...«, dröhnte es aus den Bordlautsprechern. Passte ja mal wieder.

Ich seufzte grottentief. Das Leben war grausam.

Eine halbe Stunde später hatten wir das Kuhdorf erreicht, an dessen Rand Markus mit seinem Vater auf einem Bauernhof wohnte. Wobei Hof wirklich ein bisschen untertrieben war. Jedenfalls war es nicht so ein schlichter, etwas heruntergekommener Bauernhof, der sich nur mühsam mit EG-Subventionen am Leben erhielt. Eher schon ein Gutshof. Nicht aus Lehm und Ziegeln, sondern aus Sandsteinen gebaut, mit Auffahrt, Freitreppe, schmiedeeisernen Gittern und Buchsbaumkugeln. Stilvoll, hätte Mama gesagt. Eingerahmt wurde der Vorplatz von zwei lang gestreckten Gebäuden, in denen offenbar Stallungen lagen. Die grün gestrichenen Türen waren geteilt und einige standen halb offen. Pferdeköpfe lugten daraus hervor und melancholische braune Pferdeaugen starrten uns an. Ein Ross blähte schnaubend die Nüstern und ließ ein Begrüßungswiehern hören.

»Sarabande«, stellte Markus, der bei unserer Ankunft die Treppe heruntergelaufen kam, das Pferd vor. »Sie stammt aus der spanischen Hofreitschule und hat Araberblut in sich. Das wildeste und teuerste Pferd, das wir auf dem Hof haben.«

»Darf ich sie reiten, Markus? Bitte, lass sie mich reiten. Ich kann mit Arabern umgehen«, löcherte Vanessa ihn sofort, als sie das hörte. Sie hängte sich an seinen Arm, und offenbar nur um sie loszuwerden, sagte er: »Mal sehen, ob wir Zeit dazu haben. Ein bisschen bewegen könnten wir sie später vielleicht.«

Vanessa nahm es als feste Zusage, ließ Markus' Arm los, was er mit einem erleichterten Seufzer quittierte, und lief zum Stall hinüber. Dort tätschelte sie die Schnauze von Sarabande und kreischte dem armen Tier ins Ohr: »Hast du gehört, wir reiten nachher aus. Ist das nicht wunderbar?«

Die Stute zuckte nervös mit den Ohren und schüttelte den Kopf. Ich nahm das als klare Absage. Vanessa natürlich nicht. Mit nervigem Frohsinn tänzelte sie über den Hof und versuchte auch noch Piwi an ihrem Glück teilhaben zu lassen.

Markus hatte für eine kleine Brotzeit gesorgt, die auf einem rustikalen Buffet in einem unbenutzten Stallraum stand, wo wir uns nun erst mal alle versammelten. Vanessa noppte sich natürlich gleich wieder an Piwi ran. »Ist Sarabande nicht ein wundervolles Pferd, Herr Winter?«, flötete sie ihn an. »Ich verstehe, dass Markus es nur von jemandem mit Erfahrung reiten lässt.« Falls sie sich meinte, konnte ich mir kaum vorstellen, dass Markus ausgerechnet ihr erlauben würde, das Pferd seiner toten Mutter zu reiten. »Wissen Sie eigentlich, dass ich seit meinem achten Lebensjahr reite?«, sülzte Vanessa weiter. »Seit drei Jahren reite ich sogar Turniere …«

Womit sie mal wieder beim Thema war und Piwi sich mit Grausen abwandte und suchend nach einem anderen Gesprächspartner Ausschau hielt. Er fand … mich.

Als er plötzlich unvermittelt zu mir herübersah und dann mit wenigen Schritten auf mich zukam, fiel mir beinahe das Mettbrötchen aus der Hand. In einem Fluchtreflex machte ich einen großen Schritt nach hinten. Ende der Sackgasse. Ich stand etwas abseits der Gruppe direkt in einer Nische an der Stallwand. Hinter mir und neben mir Mauern und vor mir Piwi. Erde, tu dich auf, verschlinge mich!

Wieder erfolgte keine Reaktion. Ich hätte das Studium der Hexerei und Magie wirklich etwas intensiver betreiben sollen. Ein Verschwindibuszauber wäre in dieser Situation sehr hilfreich gewesen.

Nicht flüchten – standhalten!, moralpredigte mir eine Stimme aus dem Religionsunterricht ins Gehör. Ihr in diesem Falle zu folgen war nicht schwer. Wo keine Fluchtmöglichkeit ist, ist kein Fliehen!

Jetzt, wo Piwi direkt vor mir stand, schien jedoch auch ihn die Courage zu verlassen. Jedenfalls war er plötzlich sehr blass, und als er den Mund aufmachte, kam nur ein lahmes »Na, schmeckt's?« heraus.

Dem ging's ja wohl nicht gut! Mir blieb fast das Herz stehen, weil er so zielstrebig auf mich zugesteuert war und ich zitternd die ultimative Aussprache erwartete, und er brachte nichts anderes raus als eine derart blöde Bemerkung.

Aber okay, wenn er Smalltalk wollte, konnte er ihn haben.

»Geht so«, sagte ich. »Hab nicht so den Appetit heute Morgen.« Weil du ihn mir nämlich verdorben hast, dachte ich erbost dabei.

»Schade«, bedauerte er. »Aber vielleicht kommt der ja noch später, hier an der frischen Luft.«

»Das bezweifle ich«, sagte ich und starrte angewidert auf das angebissene Mettbrötchen. Warum ich mir das Teil überhaupt von Hanna hatte aufdrängen lassen, wusste ich inzwischen selbst nicht mehr.

Piwis Schatz an Floskeln schien erschöpft und ich kriegte eh vor Verlegenheit keinen Ton raus. So standen wir uns minutenlang schweigend gegenüber. Himmel, war das peinlich.

Gerade, als ich dachte, dass ich es nicht mehr aushalten würde, hörte ich Markus rufen: »Herr Winter, Herr Winter! Wo ist denn Herr Winter? Ich möchte ihn meinem Vater vorstellen.«

Piwi hatte es auch gehört. Er riss sich von mir los, drehte sich etwas abrupt um und rief zu Markus hinüber: »Ich komme!« Und weg war er.

Die nächsten Stunden konnte ich es vermeiden, in seine engere Nähe zu kommen. Mindestens zwei bis drei Meter lagen immer zwischen uns. Zu viel, um ein Gespräch zu führen.

Markus hatte unseren Besuch wirklich toll vorbereitet. Nach dem kleinen Imbiss führte er uns über den Hof, zeigte uns Wirtschaftsräume, Futter- und Gerätelager und die Scheune. In einem ansehnlichen Fuhrpark standen Trecker, Mähmaschinen und Heuwender.

Während der ganzen Führung wich er nicht von meiner Seite, sodass ich allmählich das Gefühl bekam, dass er alles nur mir zeigen wollte. Warum, wusste ich ehrlich gesagt nicht. Aber das unbestimmte Gefühl blieb.

Zum Schluss zeigte Markus uns die Sattelkammer und die Pferde.

Ich hatte mir nie was aus Pferden gemacht, aber als ich die Fohlen im Stroh liegen sah, war ich irgendwie gerührt von ihrer Zartheit. Die anderen waren längst wieder draußen, als ich noch zuschaute, wie sie bei ihren Müttern tranken.

Markus war mit einigen Leuten in die Sattelkammer gegangen, um Sattel und Zaumzeug zu holen, denn Piwi hatte ihn gebeten, uns mal zu zeigen, wie man ein Pferd fachgerecht sattelte. Natürlich bot Vanessa sofort an, ihm dabei zu assistieren.

Da ich wohl nie in meinem Leben reiten würde, interessierte mich das nicht sonderlich und ich blieb noch ein wenig bei den Fohlen. Wenn das Pferd gesattelt war und Vanessa ihre Künste vorführte, was sich wohl wirklich nicht vermeiden ließ, konnte ich immer noch rübergehen und zugucken.

Im Moment fühlte ich mich leer und ausgebrannt, hatte total den toten Punkt. Der Stress und die Müdigkeit machten sich bemerkbar und ich sank erschöpft auf einem Berg Strohballen nieder. Ich schloss die Augen. Das tat gut.

Jemand setzte sich neben mich.

»Hanna?«, fragte ich und ließ die Augen zu. Wer

sonst als eine meiner Freundinnen sollte so meine Nähe suchen.

»Mila, ich bin es, nicht Hanna ...«

Na, das hatte ich beim ersten Ton seiner Männerstimme schon selbst gerafft. Ich riss die Augen auf und wollte aufspringen, aber er hielt mich am Arm fest und zog mich zurück auf den Strohballen.

»Nimm die Hände von mir!«, fauchte ich ihn an, wobei ich vor lauter Aufregung in das intime Du verfiel.

»Nur, wenn du hier bleibst. Ich will jetzt endlich wissen, was eigentlich los ist. Warum rennst du vor mir weg? Warum benimmst du dich wie ein zickiger Teenager? So kenne ich dich gar nicht. Willst du Vanessa Konkurrenz machen?«

Ich sah ihn finster an. Noch immer hielt er meinen Oberarm umklammert. Sein Griff tat weh. Er schien mich auf keinen Fall wieder davonlaufen lassen zu wollen. Na gut, klärten wir halt die Situation. Hier sah uns wenigstens niemand aus der Klasse und Vanessa, die sonst immer an Piwi pappte, war ja auch voll mit den Pferden beschäftigt. Keine Gefahr, dass sie plötzlich auf der Bildfläche erschien.

Aber erst sollte er gefälligst seine Pfoten von mir nehmen. »Lass mich sofort los oder ich schreie um Hilfe! Was meinst du, was dann los ist!«

»Kann ich mir denken«, sagte er und lockerte seinen Griff. »Vanessa wird hereinstürzen und darum bitten, mit dir tauschen zu dürfen!«

Ich sah ihn wütend an. Er schien sich ja einen Spaß daraus zu machen!

Er registrierte meinen Mordblick, denn seine offenen blauen Augen wurden schmaler. Was er dann sagte, klang überhaupt nicht mehr nach Spaß.

»Deine Mutter ist sehr traurig und auch ich kann nicht verstehen, warum du etwas gegen unsere Freundschaft hast. Ich habe bisher angenommen, dass auch du mich magst, ja, dass du sogar meine Nähe gesucht hast. Eigentlich interessierst du dich doch gar nicht für Fliegen und Erbgesetze, stimmt's? Ich kann mich doch nicht so in dir getäuscht haben.«

Er hatte mich während dieser Worte losgelassen und ich hätte einfach nur aufstehen und davongehen zu brauchen und nichts wäre passiert. Aber ich blieb wie versteinert sitzen.

Ich wollte keine Nähe, nicht zu ihm, nicht jetzt, aber ich konnte mich einfach nicht rühren.

»Du magst mich doch, nicht wahr? Warum willst du dann nicht, dass ich mit deiner Mutter zusammen bin? Es hätte so ein schöner Abend werden können, gestern. Deine Mutter hat sich so viel Mühe gegeben und …«

»Meine Mutter, meine Mutter … hör auf, ständig von ihr zu reden! Magst du mich nur deswegen? Bin ich selbst vielleicht nichts wert? Ich will auch geliebt werden. Und zwar nicht bloß als die Tochter von jemand.«

Ich hatte es nicht sagen wollen, aber wie wir da so nebeneinander auf dem Strohballen hockten, dicht beisammen und doch durch unüberbrückbare Distanz getrennt, da fühlte ich den ganzen Schmerz, die ganze Enttäuschung des gestrigen Abends erneut in mir aufsteigen. Ich wollte in seinen Armen liegen, zu mir sollte er zärtlich sein, mich sollte er mit seiner Liebe glücklich machen, nicht meine Mutter!

Die Tränen liefen mir über das Gesicht und ich schluchzte: »Ich – ich dachte, du liebst mich auch … Wegen – wegen diesem Gedicht von Heine … weil du damit auf meinen Brief geantwortet hast …«

Im selben Moment, wo es mir rausgerutscht war, hätte ich dieses Geständnis schon wieder zurücknehmen mögen, aber es war zu spät.

»*Du* hast mir diesen Brief geschrieben?«, fragte Piwi mit allen Anzeichen des Erstaunens. »Ich dachte, Vanessa …«

Ihren Namen zu hören und aufzuspringen war eins. Meine Empörung kannte keine Grenzen. Das war ja wohl der Gipfel. Meinen Liebesbrief, den ich mir Wort für Wort abgerungen hatte, der mit meinem Herzblut geschrieben war, dieses kostbare Stück Liebesprosa … wie konnte er es auch nur im Entferntesten mit dieser Kuh von Vanessa in Zusammenhang bringen! Wie konnte er annehmen, dass sie ihn geschrieben hatte!

Ich wusste nicht mehr, was ich tat, ich wollte nur noch fort, weg von ihm. Ich rannte aus dem Stall und stieß direkt vor der Stalltür mit Markus zusammen. Er hielt die gesattelte Sarabande am Halfter und wollte offenbar gerade aufsteigen. Vanessa stand mit einem zweiten Pferd neben ihm.

Ohne wirklich zu wissen, was ich tat, riss ich ihm den Zügel aus der Hand, schubste ihn zur Seite und kletterte unprofessionell, aber erfolgreich in den Sattel. Das Pferd stob los, ohne dass ich noch irgendetwas sagen musste. Nur festhalten musste ich mich und den zweiten Fuß noch irgendwie in den Steigbügel fummeln.

Jemand schrie laut hinter uns her: »Halt, Mila, brrr, Sarabande, steh, halt, halt!!!«

Es war Markus, den ich mit meiner Blitzaktion völlig überrumpelt hatte und der offenbar mit Entsetzen das beste und teuerste Pferd seines Vaters auf Nimmerwiedersehen entschwinden sah!

Und so falsch lag er mit seiner Befürchtung nicht. Entweder brach ich mir den Hals oder das Pferd, aber am wahrscheinlichsten war, dass wir es am Ende dieses Höllenritts beide taten. Was für ein ergreifendes Bild, wenn Pferd und Reiterin gemeinsam zu Grabe getragen würden. So stimmungsvoll würde der Pastor reden und Piwi konnte wieder ein paar Tränen in den Sonnenuntergang kippen.

Aber noch war es nicht so weit. Das Teufelspferd jagte mit mir über die Felder und dachte nicht daran, sich den Hals oder wenigstens ein Bein zu brechen, damit der wahnsinnige Lauf ein Ende hatte. Sollte ich loslassen? Einfach seitlich auf den Acker abrutschen?

Nee, bei aller Todessehnsucht, es gab schönere Möglichkeiten, sich ins Jenseits zu befördern, dazu musste ich mir nicht alle Knochen zweimal und das Genick dreimal brechen.

Eine Fünkchen Überlebenswillen glimmte plötzlich in mir auf. Konnte ich nicht versuchen, dieses Pferd zum Anhalten zu bewegen?

»Brrr!«, rief ich »Brrr!!«

Irgendwas schien sich in der Pferdesprache seit meinem ersten Ponyritt im Zirkus verändert zu haben. Das Tier wurde schneller statt langsamer, von stehen bleiben konnte mithin überhaupt keine Rede sein.

»Sarabande«, flehte ich, »bleib stehen. Bitte, bitte …«

Ob Vanessa sie zum Anhalten bewegen könnte? Sicher, sie hatte es ja seit Jahren gelernt. Aber ich! Was war bloß in mich gefahren, dieses Teufelspferd zu besteigen? Das war doch selbst Piwi nicht wert!

Ich hörte Rufe und Hufgetrappel hinter mir, aber ich traute mich nicht, mich umzusehen, ich hätte bestimmt sofort das mühsam gewahrte Gleichgewicht verloren.

Aber die Rufe kamen immer näher. Jetzt erkannte ich, dass es Markus war, der mir etwas zurief: »Gut festhalten, Mila! Halt dich fest! Ich komme!«

Wenig später hatte er mich eingeholt. Er versuchte auf gleiche Höhe mit mir zu kommen.

Ich hatte meinen Kopf fest in die Mähne der Stute gepresst und sah ihn daher nur in einem schmalen Ausschnitt. Aber es reichte, um plötzlich völlig mutlos mein Geschick in seine Hände zu werfen. »Rette mich«, flehte ich ihn an, »mach, dass Sarabande stehen bleibt!«

Entweder hielt er sich für Jesse James oder für Indiana Jones. Er ritt plötzlich dicht an mich heran bis neben Sarabandes Kopf, legte sich weit zu ihr hinüber und griff ihr ins Zaumzeug.

Dann gab es einen Ruck, Sarabande bäumte sich auf, riss ihn aus dem Sattel und schleuderte ihn mit einem unwilligen Kopfschütteln zu Boden. Gleichzeitig entglitt die Mähne meinen Fingern. Ich konnte mich nicht mehr halten und rutschte vom Sattel rückwärts über den Pferdepo auf den Acker. Die Landung war unsanft und schmerzhaft, aber offenbar wolkenweich gegen die von Markus. Er lag in seltsam verkrümmter Haltung einige Meter vor mir. Ich kroch auf allen vieren noch völlig benommen zu ihm hin.

Er lag auf dem Gesicht und rührte sich nicht.

Er ist tot!, schoss es mir durch den Kopf. Bei dem Gedanken befiehl mich ein unkontrolliertes Zittern. Ich drehte ihn auf den Rücken. Auf seiner Stirn klaffte eine heftig blutende Wunde. Wahrscheinlich hatte ihn ein Vorderhuf von Sarabande getroffen, als er ihr vor die Beine gestürzt war.

Ich sah mich um. Wo war sie abgeblieben? Weit und breit war nichts mehr von ihr zu sehen. Hoffentlich gehörte sie zu den Pferden, die von alleine wieder zur Vernunft kommen und dann in den heimischen Stall zurücklaufen, dachte ich nur.

Markus stöhnte leise. Das hieß, er war nicht tot und sogar bei Bewusstsein. Ich beugte mich über ihn.

Eine Welle von Mitleid überkam mich, als ich die Platzwunde auf seiner Stirn sah. Der Huf schien ihn nur gestreift zu haben, aber dennoch blutete die Wunde ziemlich stark. Meinetwegen war er so zugerichtet, weil er mich retten wollte! Dankbar strich ich ihm die Haare aus dem Gesicht.

»Markus«, sagte ich eindringlich, »Markus, kannst du mich hören? Ich bin es, Mila. Du bist verletzt, was soll ich tun?«

Er schlug einen Moment die Augen auf, sah mich verwirrt an und formte die Lippen zu einem unverständlichen Wort. Dann schloss er die Augen wieder und der Kopf fiel zur Seite.

»Nicht, nein, nein, nicht bewusstlos werden! Markus, nicht!«, schrie ich in Panik, aber er hörte mich nicht.

Ich machte mir nun ernstliche Sorgen, denn der Blutverlust war beträchtlich. Ich musste Hilfe herbeirufen. Automatisch suchte ich nach meinem Handy. Es war nicht da. Vermutlich hatte es sich bei dem rasenden Ritt vom Gürtel gelöst. Ausgerechnet!

Ich stand auf und sah mich um. Wenn ich gehofft hatte, dass Markus jemand gefolgt war, so sah ich mich in dieser Hoffnung getrogen. Weit und breit war keine Menschenseele zu sehen. Nur etwa zwanzig Meter weiter stand das Pferd, das Markus geritten hatte, und knabberte am Ackersaum. Wo steckten sie nur alle? Markus' Vater und Piwi und die Leute aus meiner Klasse, Vanessa, die geniale Reiterin? Warum war sie nicht hinter Markus hergeritten?

Ich musste die Blutung stillen. Dir wird nicht schlecht, redete ich mir gut zu. Dir darf nicht schlecht werden. Ich kniete mich wieder neben Markus auf den Ackerboden. Immer noch zitternd zog ich erst mein Sweatshirt aus, dann das T-Shirt und schließlich mein Unterhemd. Das T-Shirt zog ich schnell wieder an. Dann rollte ich das Sweatshirt zusammen und legte es Markus unter den Kopf und drehte ihn in eine stabile Seitenlage. War ich froh, dass ich vor dem Skikurs an einem Erste-Hilfe-Lehrgang teilgenommen hatte. Ich hätte ja sonst nicht den geringsten Dunst gehabt, was ich tun musste, und hätte nur Panik schieben können.

Schließlich faltete ich mein Unterhemd mehrfach zusammen und drückte es als Kompresse auf die Kopfwunde. Das half ein bisschen.

Aber was nun? Hier konnte er schließlich nicht liegen bleiben. Wie konnte ich ihm nur helfen? Sollte ich versuchen, mit seinem Pferd zurückzureiten und Hilfe zu holen? Nein, ganz unmöglich! Ich war ja im Augenblick bereit, alles für ihn zu tun, so ziemlich alles jedenfalls, aber auf ein Pferd kriegte mich niemand mehr. Es würde mich ohnehin sofort abwerfen und ich würde mir auch noch den Hals brechen. Damit war niemandem geholfen.

Markus musste doch auch ein Handy haben. Klar, warum war ich da nicht gleich draufgekommen? Ich suchte in seinen Hosentaschen. Da war es ja. Mist. Ausgeschaltet. Mir war klar, dass ohne seine Pin-Nummer gar nichts lief. Konnte er nicht noch einmal das Bewusstsein erlangen? Wenigstens für einen kleinen Augenblick, nur so lange, um mir die Pin-Nummer zu sagen?

Ich fing an zu heulen. Konnte ich denn gar nichts tun? Musste ich hier sitzen und zusehen, wie Markus mir womöglich buchstäblich unter den Fingern wegstarb? Wusste ich denn, wie schwer seine Verletzung wirklich war?

»Wach auf«, schrie ich ihn verzweifelt an, »wach auf, du blöder Idiot! Sag mir doch diese verdammte, dämliche Pin-Nummer! Damit ich dich retten lassen kann!«

Nach der Verzweiflung kam das Schuldgefühl.

Meinetwegen lag er da auf dem Drecksacker, hilflos, ohne Bewusstsein! Weil er mich vor dieser wildwütigen Mähre retten wollte! Aber hatte ich ihn vielleicht um seine Hilfe gebeten? Ja, hatte ich!

»Aber ich habe doch nicht erwartet, dass du gleich den Superhelden spielst! Harrison Ford wird doch in solchen Szenen von einem Stuntman gedoubelt. So was muss man doch nicht gleich nachmachen! Hörst du«, schnauzte ich ihn mit tränenerstickter Stimme an, »keiner hat von dir verlangt, dass du für mich den Helden spielst!«

»Nicht?«, flüsterte er plötzlich mit geschlossenen Augen. »Da habe ich wohl was falsch verstanden. Hat aber Spaß gemacht.«

Spaß gemacht? Was faselte er denn da? Frechheit. Aber egal, er war aus der Bewusstlosigkeit aufgewacht. Jetzt keine Zeit mit unnötigem Gerede verlieren.

»Markus, deine Verletzung sieht nicht gut aus. Sarabande muss dich mit einem Huf am Kopf gestreift haben. Du hast viel Blut verloren. Du musst mir deine Pin-Nummer sagen, damit ich über dein Handy Hilfe rufen kann.«

Markus öffnete ein wenig die Augen. Er tastete nach meiner Hand. »Mila, wo sind die Pferde?«

»Weg. Das heißt, Sarabande ist weg. Dein Pferd steht hier am Ackerrand. Aber das ist doch jetzt egal. Die Pin-Nummer, sag mir die Pin-Nummer.«

Er schien nicht ganz zu begreifen, was ich von ihm wollte.

»Ich telefoniere Hilfe herbei. Sag mir doch bitte, bitte die Pin-Nummer von deinem Handy!« Die letzten Worte schrie ich fast, so verzweifelt war ich.

Es kostete ihn eine enorme Anstrengung, aber er richtete sich ein wenig auf. »Du musst zurückreiten und Hilfe holen«, sagte er mit leiser Stimme, so als hätte er meine Frage überhaupt nicht gehört. »Nimm Ruby, sie ist eine ganz liebe Stute. Kein bisschen Araberblut. Sie findet den Weg zum Hof alleine. Du schaffst das schon. Sag meinem Vater, dass ich auf dem Legendanger liege. Er soll den Geländewagen nehmen. Ich liebe dich.«

»Aber …« Was immer ich sagen wollte, erreichte ihn nicht mehr, denn er fiel erneut in Bewusstlosigkeit. Ich stand auf und starrte erst ihn, dann das nutzlose Handy an. Ich drückte verzweifelt auf die Einschalttaste. *Pin eingeben* erschien auf dem Display. Aber noch etwas stand dort, ziemlich klein in der linken Ecke: *SOS*. Warum war mir das nicht eher eingefallen! Viele Handys hatten doch eine Notruftaste. Ich drückte sie. *Notruf? Ja, nein* erschien jetzt auf dem Display. Ich drückte auf ja. Markus war gerettet. Noch lag er zwar hilflos auf dem Acker, aber bald würde Hilfe kommen. Ich hockte mich zu ihm.

»Du schaffst das«, hatte er gesagt, und mit letzter Kraft: »Ich liebe dich.«

Das konnte er nicht gemeint haben, nicht wirklich. Zwischen uns war doch nichts gewesen, das diese Worte rechtfertigte. Sicher, meine Meinung über ihn hatte sich in den letzten Wochen verändert, ich hatte eine Ernsthaftigkeit in ihm entdeckt, die ich früher nie bei ihm vermutet hätte. Sein Charme kam mir plötzlich weniger aufgesetzt vor, und als er mir von seiner Mutter erzählt hatte, verstand ich es schon als einen Vertrauensbeweis. Den ich aber gar nicht haben wollte, wenn ich ehrlich war. Ich hatte doch gar kein Interesse an ihm. Für mich gab es doch nur Piwi.

Die schreckliche Enttäuschung, die ich gerade erlitten hatte, und der elende Anblick von Markus vermischten sich zu einem einzigen entsetzlichen Gefühl der Verzweiflung.

Motorengeräusche schreckten mich auf. Ein Geländewagen stoppte am Ackerrand.

Markus' Vater sprang aus dem Fahrzeug und rannte auf uns zu. Eine zweite Gestalt folgte ihm. Piwi!

»Gleich kommt ein Rettungshubschrauber«, sagte Markus' Vater und kümmerte sich um die Kopfwunde seines Sohnes.

Während er einen Notverband anlegte, trat Pit Winter zu mir. Mit dem Moment, wo ich die Verantwortung für Markus in andere Hände übergeben hatte, wuchs wieder der Zorn auf ihn.

»Bin ich froh, dass dir nichts passiert ist. Du hättest dir den Hals brechen können bei diesem waghalsigen Ritt«, sagte Piwi.

Das weiß ich selber, dachte ich erbost, aber es wäre mir egal gewesen. Meinen Liebesbrief Vanessa zuzuschreiben war nun wirklich der Gipfel dessen, was ein Mensch ertragen konnte! Wenn ich es recht bedachte, war dann ja dieses Heine-Gedicht von ihm überhaupt keine Liebeserklärung an mich gewesen, sondern offenbar nur als eine ironische Antwort an Vanessas Adresse gedacht. Eine regelrechte Veralberung meiner tiefen Gefühle! Von denen er allerdings wohl wirklich nichts geahnt hatte. Wie auch immer – mit Liebe hatte es jedenfalls auf seiner Seite gar nichts zu tun.

Ich seufzte und rappelte mich vom Acker hoch.

Er stand irgendwie hilflos in der Gegend rum. »Du, Mila«, sagte er, »es tut mir wirklich Leid, das mit deinem Brief ... ich wusste ja nicht ... ich habe das echt nicht geahnt ... ich hätte niemals ...«

»Lassen Sie nur«, sagte ich gefasst, »es war eine dumme Schwärmerei, ich hab die Antwort verstanden. Gut zu wissen, dass auch große deutsche Dichter solchen Kitsch verzapft haben.«

Er lachte kurz auf. »Für die Analyse kriegst du von mir in Deutsch eine Eins.«

Dann landete der Rettungshubschrauber und eine Notärztin sprang heraus. Sie untersuchte Markus und konnte uns dann beruhigen.

»Er hat zwar viel Blut verloren, aber die Verletzung ist nur eine Platzwunde, die wir allerdings nähen müssen. Der Knochen ist unverletzt. Er hat sicher eine dicke Gehirnerschütterung von diesem Pferdekuss, aber ansonsten hat er alles glimpflich überstanden. Wir bringen ihn zur Vorsicht heute Nacht auf die Intensivstation, morgen früh können Sie ihn dann besuchen.«

Der Pilot ließ den Motor an und unter ohrenbetäubendem Lärm begann sich der Propeller zu drehen. Dann hob der Hubschrauber in einem Wirbel von Staub ab und brachte Markus und seinen Vater direkt ins Krankenhaus.

Pit Winter und ich fuhren mit dem Geländewagen zurück zum Hof. Die Fahrt dauerte eine Ewigkeit, während der ich darüber nachdachte, was Markus in seinem angeschlagenen Zustand gesagt hatte. Es konnte doch nicht sein, dass er wirklich mich meinte. Es hatte so ernsthaft geklungen, ganz anders als seine sonstigen ironischen Bemerkungen und Frechheiten.

Kurz bevor wir den Hof erreichten, sprach mich Pit Winter noch einmal an. »Mila, bitte sei mir nicht mehr böse. Es tut mir so Leid. Ich mag dich wirklich sehr und ich liebe deine Mutter. Meinst du nicht, dass wir die Sache irgendwie lösen können?«

»Ich rede meiner Mutter bei ihren Freunden grundsätzlich nicht rein«, sagte ich kühl. »Wenn Sie ihr von meiner … äh … meinem Gefühlsirrtum nichts sagen, sehe ich kein Problem. Schließlich sind Sie ja nicht mehr lange mein Lehrer.«

Pit Winter schien erleichtert. »Ja, in vier Wochen sind ja schon die Sommerferien. Nach dem Examen werde ich sicher an eine andere Schule gehen.«

»Na, dann ist doch alles in Ordnung«, sagte ich großzügig und hoffte, dass ihn mein falsches Lächeln über die tatsächliche Trauer in meinem Herzen hinwegtäuschte. Hätte ich einen Sonnenuntergang und ein Meer zur Hand gehabt, ich hätte wie Heine Tränen hineingeweint und es diesmal nicht im Mindesten kitschig sondern nur echt tragisch gefunden.

Nach diesem unplanmäßigen Verlauf unseres Besuches sammelte Pit Winter auf dem Hof unsere verstreuten Klassenkameraden ein und rief über sein Handy den Bus.

Auf der Rückfahrt waren alle ziemlich aufgeregt und auch meine Freundinnen wollten natürlich wissen, warum ich wie eine Irre aus dem Stall gerast war und mich auf das Pferd geschwungen hatte und was eigentlich mit Markus passiert war. Ich schwindelte mich so gut es ging heraus.

Vanessa hatte natürlich nichts anderes zu tun, als alle darüber zu belehren, dass man so wie ich mit Pferden ja nun wirklich nicht umgehen dürfe. Zumindest bei Knolle heimste sie damit jede Menge Pluspunkte ein. Aber die waren ihr ausnahmsweise mal gegönnt, denn Minuspunkte würde sie morgen reichlich kriegen, wenn Piwi mit uns beiden die Sache mit der Fliegensabotage klärte. Nur schade, dass ich auf Markus als Zeugen verzichten musste!

Am Abend stand noch das unvermeidliche Gespräch mit Mama an. Ich war immer noch unschlüssig, wie weit ich sie einweihen sollte. Schließlich wollte ich ja nicht ihre frische Beziehung zu Pit Winter belasten. Dass er sie und nicht mich liebte, war ja schließlich nicht ihre Schuld. So beschloss ich ihr einfach gar nichts von meiner Schwärmerei für ihn zu erzählen. Wenn sie glaubte, dass es mir einfach nur peinlich war, weil er mein Lehrer war, so würde ich sie einfach in diesem Glauben lassen. Wie war ich froh, dass ich bisher niemandem von meiner Liebe zu ihm erzählt hatte.

»Kannst du mich morgen zu Markus ins Krankenhaus fahren?«, fragte ich sie am Ende unseres Gespräches, aber sie schüttelte den Kopf.

»Das geht leider nicht. Ich habe den ganzen Tag Termine. Du weißt doch, seit Tina weg ist, kann ich mir gar keinen Ausfall mehr erlauben.«

»Dann stell doch mal eine neue Friseurin ein«, sagte ich frustriert.

»Mach ich. Du hast Recht, so geht es nicht weiter und ich brauche ja auch in Zukunft ein bisschen mehr Zeit für dich und Pit.«

Ich sah sie skeptisch an. Zeit für Pit war ja in Ordnung, aber für mich? Das war wirklich nicht nötig. Mir gefiel es eigentlich ganz gut so, wie es war, und es konnte ja sehr gut sein, dass ich meine Zeit demnächst auch noch für jemand anderen brauchte. Wieso kam mir da ausgerechnet Markus in den Sinn?

Katis Mutter fuhr dann schließlich Hanna, Kati und mich am Nachmittag des nächsten Tages zum Krankenhaus. Ein bisschen peinlich fand ich es ja schon, dass wir Markus gleich mit drei Mädchen überfielen.

Wenigstens lag Markus in einem Einzelzimmer auf der Privatstation. Da es nur zwei Stühle gab, die Hanna und Kati gleich belagerten, blieb mir nichts anderes übrig, als mich ans Fußende auf sein Bett zu hocken.

Nachdem meine Freundinnen ihre Genesungswünsche überbracht hatten, komplimentierte Markus sie elegant aus dem Zimmer. »Geht doch mal zum Kiosk und holt mir ein paar Zeitschriften und Magazine, ohne Lesestoff ist es hier nämlich extrem öde.«

Er drückte Hanna einen Zwanziger in die Hand und meinen Freundinnen blieb nichts anderes übrig, als mit einer anzüglichen Bemerkung das Feld zu räumen.

Als sie weg waren, wurde mir doch ein bisschen mulmig. Was sollte ich alleine mit Markus reden? Mir fielen die Fliegen ein.

»Das war ganz schön gemein von Vanessa«, sagte ich. »Aber Pit Winter hat ihr heute Morgen ordentlich die Meinung gesagt und sie aus dem Projekt geworfen. Nur, meine Fliegen bringt das auch nicht wieder.«

Das fand Markus auch. »Ich bin stocksauer, dass sie uns den Versuch ruiniert hat. Die kann froh sein, dass ich sie zurzeit nicht zwischen die Finger kriege! Dabei hatte ich eine so megastarke PC-Visualisierung.«

Ich gab ihm Recht. »Du hast da echt was drauf. Kann man es gar nicht mehr retten?«

»Vielleicht können wir nur das Visualisierungsprogramm vorstellen, dann sind die Fliegen nicht so wichtig. Ich müsste mal mit Pit Winter darüber sprechen.«

»Jetzt werd aber erst mal wieder gesund«, sagte ich. »Herr Winter wird übrigens nur noch bis Ende des Monats bleiben. Das Projekt will er aber unbedingt vorher abschließen. Dann sind Sommerferien und danach kommt Frau Kempinski aus dem Mutterschaftsurlaub zurück.«

»Schade, er war wirklich ein guter Lehrer«, sagte Markus bedauernd. »Hat richtig Schwung in den Laden gebracht. Da hat Schule direkt mal Spaß gemacht.«

»Stimmt«, sagte ich, »ohne ihn hätte ich nie an einer Bio-AG teilgenommen.«

»Das wäre aber schade gewesen.«

»Wieso?«

»Dann hätte ich dich nie so gut kennen gelernt und du mich auch nicht.«

Er schwieg einen Moment.

»Du hattest keine sehr gute Meinung von mir vorher, stimmt's?«

Ich lachte über seine Offenheit. »Stimmt!«

»Und jetzt? Ist sie besser geworden?«

Ich grinste, wiegte den Kopf hin und her und sagte neckend: »Hm ... vielleicht ... das heißt ... sich wie Indiana Jones auf durchgehende Pferde zu schmeißen führt nicht unbedingt zu einer guten Meinung bei mir. Schon gar nicht, wenn diese Möchtegern-Helden sich dabei ihren Denkdätz demolieren.«

Er lachte, hielt sich aber dabei den Kopf, der in einem dicken Verband steckte. »Aua, bring mich nicht zum Lachen, solche Erschütterungen hält mein armer Kopf noch nicht aus.«

»Na gut, dann was Ernstes. Hast du eigentlich geglaubt, dass du stirbst, da auf dem Acker?«

Er sah mich verwundert an. »Wieso?«

»Du hast so komische Sachen gesagt.«

»Komische Sachen?«

»Erinnerst du dich nicht mehr daran?« Das war ja mal wieder typisch. Da machte mir einmal ein Junge eine Liebeserklärung und dann hatte er es am nächsten Tag schon wieder vergessen, weil er offenbar nicht voll zurechnungsfähig war.

»Ich hab nichts Komisches gesagt«, unterbrach er meine Gedanken. Ich sah ihn frustriert an. Also tatsächlich, alles futsch.

Offenbar hatte er meinen Frust gespürt, denn er setzte sich auf und sagte plötzlich: »Keine Sorge, so weggetreten war ich nun auch nicht, dass ich nicht mehr wüsste, was ich gesagt habe. Aber verlang nicht, dass ich es jetzt wiederhole. Du hast Recht, ich hab da auf dem Acker wirklich gedacht, dass mein letztes Stündlein geschlagen hat …« Und mit einem leicht ironischen Lächeln fügte er hinzu: »… und weil ich dich immer nur genervt habe, wollte ich dir wenigstens in dieser letzten Stunde mal was Gutes tun. Nur darum habe ich es dir gesagt.«

Also doch. Ich hatte es gewusst, jetzt machte er einen Rückzieher. Er liebte mich gar nicht. Das war nur wieder einer von seinen dummen Macho-Sprüchen gewesen. Irgendwie fand ich es tatsächlich ein bisschen schade. Ich sah ihn traurig an.

Er nahm spontan meine Hand, die auf seiner Bettdecke gelegen hatte. Zum ersten Mal war mir eine Berührung von ihm nicht unangenehm.

»Schau nicht so betrübt. Was ich dir gesagt habe, würde ich dir gerne noch mal sagen. Aber zum richtigen Zeitpunkt und nicht unbedingt in einem Krankenzimmer. Ziemlich unromantisch hier, besonders, wo jeden Augenblick deine Freundinnen reinplatzen können!«

Er schaute sichernd zur Tür, dann beugte er sich blitzschnell zu mir und hauchte mir einen zarten Kuss auf die Wange. In diesen Dingen war er einfach erstaunlich fix. Ich war mal wieder total überrumpelt und bestimmt kirschrot angelaufen.

Ich riss verlegen meine Hand los. Im Zimmer war es schwül und … ach, viel zu viel Gefühl. Hoffentlich kamen jetzt nicht grade Hanna und Kati zurück! Denen würde ich mal lieber schnell entgegen gehen. Nichts wie weg hier.

Ich stand auf und musste mich sehr zwingen, ruhig zu bleiben. »Und wann ist deiner Meinung nach der richtige Zeitpunkt?«, fragte ich völlig verunsichert.

»Dann, wenn ich von dir die richtige Antwort bekomme.«

»Die richtige Antwort? Und wie sollte die lauten?«

Er grinste breit. »Na, dass du mich auch liebst, natürlich!«

Ich schluckte. Ich ihn lieben? Was für eine Perspektive: Mila & Markus!

In der geöffneten Tür drehte ich mich noch einmal zu ihm um. »Glaubst du wirklich, dass dieser Tag jemals kommt?«

Sein Lachen strahlte totale Zuversicht aus und mit der von ihm gewohnten alten Frechheit sagte er: »Aber hundertpro!«

Falls du Lust hast, Bianka Minte-König eine Mail zu schicken oder ihre Homepage zu besuchen – hier die Adresse:
www.biankaminte-koenig.de
autorin@biankaminte-koenig

Die Deutsche Bibliothek – CIP-Einheitsaufnahme
Ein Titeldatensatz für diese Publikation
ist bei Der Deutschen Bibliothek erhältlich

Minte-König, Bianka:
Liebesquiz & Pferdekuss
ISBN 3 522 17455 0

Reihengestaltung: Birgit Schössow
Einbandillustration: Birgit Schössow
Schrift: Stempel Garamond
Satz: KCS GmbH, Buchholz/Hamburg
Reproduktion: Die Repro, Tamm
Druck und Bindung: Friedrich Pustet, Regensburg

5 4 3 2 1* 01 02 03 04

Thienemann im Internet: www.thienemann.de